Rose Berryl

# In nomine patris

**CKR Éditions**
CP 5570
Sainte-Julienne, QC, J0K 2T0
CANADA
Téléphone : 514-900-3399
www.ckr-editions.com

Directrice littéraire et éditoriale : Delphine Splingard



Dépôt légal — 2e trimestre 2023
Bibliothèque et Archives nationales du Québec
Bibliothèque nationale du Canada


**Catalogage avant publication de Bibliothèque et Archives nationales du Québec et Bibliothèque et Archives Canada**

Titre: In nomine patris / Rose Berryl.

Noms: Berryl, Rose, 1982- auteur.

Description: Mention de collection: Collection Onyx

Identifiants: Canadiana (livre imprimé) 20230057969 | Canadiana (livre numérique) 20230057977 | ISBN 9782924664315 (couverture souple) | ISBN 9782924664322 (PDF)

*Classification: LCC PZ23.B4797 In 2023 | CDD j843/.92—dc23*

*Imprimé aux États-Unis*

Rose Berryl

# In nomine patris

*La curiosité est un vilain défaut.*
*Vous ne pourrez pas dire*
*que je ne vous ai pas prévenus...*

# Chapitre I

## *Westresöm*

« *Vous écoutez Radio Mercury où le soleil brille toute l'année. Ici Dav'Boggs qui vous tiendra compagnie jusqu'à dix-huit heures pour un spécial Diiiiiisco !* »

Au volant de sa Fiat 500 blanche décapotable flambant neuve, Britany Barlax roulait à vive allure, sa courte chevelure auburn fouettée par le vent, le soleil inondant ses larges lunettes fumées hors de prix aux reflets fuchsias et roses pâles.

Dans le cendrier, une cigarette coupée en deux parties plus ou moins égales, posée à côté d'un briquet couvert de petites imitations de diamants, attira son attention.

« Courage, Brit. Tu peux tenir le coup. Ne cède pas... Et puis merde, elle est cassée ! Je ne saurais rien en faire de toute façon. Quoique... Non, tu dois apprendre à t'en passer ! » tenta-t-elle de se convaincre en se passant les doigts de la main gauche sur les lèvres.

Pour s'occuper l'esprit, elle attrapa sur le siège passager un vieux calepin enveloppé d'une épaisse fourrure blanche pour le poser contre le volant.

Tout en gardant un œil sur la route, elle parcourut les informations données par son chef lors de leur dernière conversation téléphonique.

Journaliste d'investigation depuis plus de cinq ans, Britany avait fièrement suivi les pas de ses parents (tous deux reporters pour d'importants quotidiens) avant de prendre son envol, à plusieurs milliers de kilomètres de chez elle.

« Mickael McFiligan... P.D.G. d'une entreprise pharmaceutique réputée dans le monde entier, présence en bourse depuis deux mille quatre, plusieurs filiales actives... Hum, voilà qui est très intéressant. Pfff, qui est-ce que j'essaie de berner, là ? À quand des sujets intéressants ? Avec les erreurs que tu as commises dernièrement, ma pauvre Brit, c'est pas demain la veille. En attendant... »

Elle tourna les yeux vers son G.P.S., lasse de découvrir en gros caractères le nombre impressionnant de kilomètres qu'il lui restait encore à parcourir.

Après un long soupir, elle monta le son de son poste de radio. La chanson « Stomp ! » était déjà bien entamée. Britany plissa les yeux, perturbée dans sa reconstitution des faits par la mélodie qui se répandait autour d'elle avant de disparaître au grand air. Quasi immédiatement, elle changea de fréquence, avant d'être interrompue par la sonnerie de son cellulaire.

Elle coupa aussitôt le son, décrocha et colla l'appareil entre son oreille et son épaule.

« Maman ? Oui... Non... Oui, j'ai bien reçu les croquettes pour Félix. Non... non, je suis en déplacement professionnel pour le moment... À Krimstown. Jusqu'à la semaine prochaine. Oui, maman. Pour une interview. Rien de bien motivant en fait. Félix ? Chez Nina jusqu'à mon retour, quelle question ! Oui, promis, je t'appelle dès que je rentre. Bisous. Oui, moi aussi j't'aime. »

Après avoir raccroché, la jeune femme jeta le téléphone sur le siège passager et soupira.

Depuis la mort de son père quelques années plus tôt, Madame Barlax avait perdu toute notion de la réalité, ce qui la poussait à appeler sa fille parfois plus de vingt fois dans la journée, probablement pour se rassurer de la savoir en santé et bien dans sa peau.

Le soleil (particulièrement fort cet automne-là) tapait de plus en plus fort tandis que la voiture fonçait à vive allure sur la longue route en ligne droite qui traversait cette partie du pays, coupant de façon quasi équivalente un décor fait de champs, de forêts et de collines verdoyantes. Sentant la chaleur lui brûler le crâne, Britany pressa le bouton de fermeture de la capote et ôta ses lunettes, avant de jeter un coup d'œil dans le rétroviseur pour s'assurer que son maquillage, d'une précision exemplaire, n'avait pas bougé depuis sa dernière inspection.

Le cellulaire sonna à nouveau. Lorsqu'elle répondit, son visage s'illumina.

« Hello toi ! Alors, comment va mon petit fauve ? Remis de notre nuit ? Moi ? Parfaitement ! Qu'est-ce que tu t'imagines ? Hum, non, pas pour l'instant. Je suis en déplacement jusqu'à... oui, on se voit ensuite. Je te rappelle plus tard. Bye. »

Rêveuse, Britany caressa le cuir du volant, fermant les yeux une fraction de seconde en souvenir des moments fougueux passés avec son amant. Malheureusement, ce bref égarement suffit à lui faire perdre de vue la route qui bifurquait vers la gauche.

Lorsqu'elle sentit la texture du sol changer sous les roues, elle rouvrit les yeux, trop tard pour éviter un énorme bloc de béton bordant le tracé de macadam, arrachant au passage la quasi totalité du pare-choc avant ainsi que la roue avant-droite lors de l'impact.

La voiture partit de travers et tourna sur elle-même, faisant crier la jeune femme qui fut ballottée en tout sens dans l'habitacle.

Durant deux longues minutes, Britany demeura silencieuse, complètement déboussolée par la violence de l'accident. Puis, lentement, elle reprit ses esprits, découvrant dans le rétroviseur brisé que son front était marqué d'une imposante bosse qui ne cessait d'enfler. La voiture, quant à elle, semblait hors d'usage, l'avant fumant encore du soulèvement de poussière qui se dissipait peu à peu.

« Tout le monde va bien ? Ah oui, c'est vrai, je suis seule dans la voiture. Enfin, ce qu'il en reste... » ironisa-t-elle un instant en poussant la portière qui résista légèrement, le corps prit de tremblements.

« Génial... » ragea-t-elle en évaluant les dégâts, une main posée sur son front endolori.

Une grimace accompagna son geste. Elle se pencha dans la voiture et attrapa son cellulaire. Elle composa le numéro des renseignements, avant de se heurter à un nouveau problème :

« Plus de batterie ! De mieux en mieux. Bon, eh bien il ne me reste plus qu'à marcher jusqu'à la ville la plus proche. En espérant qu'ils aient une dépanneuse, bien entendu. »

Elle ramassa son sac à main et se mit en route, choisissant de suivre la direction qu'elle aurait dû prendre avec sa voiture. De toute manière, sans G.P.S. ou cellulaire en état de marche, hors de question de partir à l'aventure.

Durant deux longues heures, elle marcha mécaniquement, la semelle de ses baskets épousant parfois maladroitement le sol, la tête lui tournant légèrement (sans pour autant lui laisser présager un quelconque problème de santé).

Lorsqu'elle quitta la voiture, l'air était pur et le soleil haut dans le ciel mais celui-ci se couvrit peu à peu de gros nuages et la pluie se mit à tomber à grosses gouttes. Britany leva les yeux et se mit à se parler à voix haute :

« Je me demande combien de temps il me faudra encore pour atteindre le prochain patelin... Je sens que l'orage ne tardera pas et cela ne me tente pas d'être dehors quand il commencera à gronder. On dirait que la végétation se raréfie par ici. Je n'aimerais pas habiter dans le coin. »

Sur le bord de la route, l'herbe tendre avait laissé place à une terre plus sèche, parsemée ça et là de touffes jaunâtres mal coupées, envahies de mauvaises herbes aux fleurs ternes. Un peu plus loin, les champs présentaient une couleur uniforme sans grand attrait. Mais le plus étrange était qu'aucune maison ne se profilait à l'horizon, un peu comme si la région avait été désertée.

Finalement, les pieds douloureux et les yeux brûlants de fatigue, Britany aperçut (à demi renversé sur le bord de la route) un imposant panneau de bois à la peinture délavée, sur lequel on pouvait deviner le nom d'une ville ou plutôt d'un village à en juger par le peu d'habitations que Britany parvenait à discerner au-travers de la grisaille avoisinante.

« Westrelöm... Ce n'est pas trop tôt ! Je meurs de faim ! Sans compter qu'une bonne sieste ne sera pas de refus. »

Traînant les pieds, la jeune femme traversa un court pont de pierres menant à une large surface circulaire de laquelle partait deux rues, trois si l'on prenait en compte celle par laquelle elle était arrivée.

Sur la droite s'élevait une église de pierres sombres, gigantesque, flanquée sur chaque façade de niches abritant des statues de saints mais également de gargouilles aux allures effrayantes.

Un peu plus loin, elle découvrit le début d'un chemin de terre dont l'extrémité se perdait dans le brouillard. À côté de celui-ci, elle discerna les silhouettes grossières de bâtisses de briques et de pierres, qu'elle assimila à des boutiques, sans pour autant y prêter grandement attention.

Désireuse de se restaurer et de dormir un peu avant de reprendre la route, elle se dirigea vers l'église, dans l'espoir d'y trouver de l'aide.

# Chapitre II

## *Sombre nuit*

*Pardonnez-moi Seigneur car j'ai péché. Accordez-moi votre miséricorde et la force de lutter contre les tentations. Amen.*

Le Père Thomas embrassa son chapelet et se signa d'un signe de croix avant de se relever, les mains tremblantes et le visage blême.

Perdu sans ses pensées, il ramassa la vieille bible posée sur la petite table de nuit branlante jouxtant sa couche rudimentaire, avant de sortir à pas feutrés.

Dans le couloir, aucun son ne perturba son avancée, lourde et mécanique. Sur les murs, quelques bougies éclairaient le sol de cercles dorés avant de disparaître sous l'ombre du Père.

Il passa une vieille porte au linteau massif sculpté de végétation à larges épines, pour pénétrer dans l'église par le croisillon nord.

Au-dehors, le jour commençait à poindre, traversant les vitraux de sa faible lueur.

Happé par le froid ambiant, le Père Thomas se frotta les mains tandis qu'il se dirigeait vers la croisée des transepts, laissant glisser la croix qui pendait à sa ceinture entre ses doigts. Il approcha ensuite de l'autel bordé de gerbes de fleurs joliment agencées dans de larges vases de cuivre.

Lui faisant face, il se signa à nouveau, genou à terre, osant à peine lever les yeux vers le crucifix qui lançait sur le sol son ombre imposante.

Il pria quelques instants, larmes aux yeux, jusqu'à ce qu'il soit interrompu, interpellé par une voix en provenance de l'entrée principale.

– Excusez-moi ?

– Comment puis-je vous aider ? demanda froidement le prêtre tandis qu'une jeune femme s'avançait dans le cercle de lumière dessiné devant l'autel.

– Je suis désolée de vous déranger, mon Père. Je suis tombée en panne à quelques kilomètres au nord de ce village. J'ai vu la porte ouverte et... enfin, je me doute que ce n'est pas le meilleur endroit pour trouver un mécanicien mais... hésita-t-elle en replaçant une mèche de cheveux derrière son oreille gauche.

– Westrelöm est un village isolé qui compte à peine une centaine d'habitants. Et puis, il est encore tôt pour croiser du monde...

– Oh, euh, oui. Vous avez raison. Il est encore tôt... Mais pourriez-vous tout de même me dire s'il y a un garagiste dans le coin ? Vous comprenez... Ma voiture m'a lâchée et sans une intervention professionnelle, je crains fort de ne pouvoir reprendre la route.

– Cela fait bien longtemps que le vieux Brad a déménagé. Je crains donc, hélas, que vous ne trouviez ici ce que vous cherchez.

– Eh merde ! Oh, excusez mon vocabulaire, mon Père. Ma journée a très mal commencé et...

– Ce n'est rien, coupa le Père Thomas. Comment avez-vous dit que vous vous appeliez ? Poursuivit-il alors d'une voix froide, dépourvue de toute chaleur humaine.

– Britany. Je suis en voyage d'affaires, ajouta-t-elle en jetant un œil autour d'elle, glissant les mains dans les poches de son jeans moulant, ses bracelets cliquotant à chaque mouvement de ses bras.

– À Westrelöm ? interrogea Thomas en fronçant les sourcils sous sa capuche largement tirée sur son crâne dégarni, les mains posées l'une à côté de l'autre devant lui.

– Pour tout vous dire, je me rends à Krimstown. Mais pour cela, je vais avoir besoin d'un moyen de transport au plus vite. Pouvez-vous me dire quand part le prochain bus ou le prochain train vers la prochaine ville ?

– Je suis navrée, chère demoiselle, mais aucun véhicule de ce genre n'a traversé ce village depuis des années.

– Ok... soupira bruyamment Britany, dépitée. Mais comment faites-vous pour... ?

– Comme je vous l'ai dit, il reste peu d'habitants ici. Nos besoins sont donc bien plus réduits qu'ils ne pourraient l'être ailleurs.

– Parfait, soupira la jeune femme en haussant les sourcils. Je vais tenter de contacter quelqu'un. À moins que ce village ne possède pas de téléphone non plus, ironisa-t-elle sans pour autant susciter la moindre réaction chez son interlocuteur.

– Le motel au coin de la rue pourrait vous être utile pour cela. En attendant, si vous voulez bien m'excuser, salua Thomas avant de s'éclipser dans la chapelle jouxtant l'abside.

– Ouais... J'espère qu'ils seront plus causant là-bas. Vraiment étrange, ce prêtre.

Britany sortit de l'église, où l'attendait un bien triste spectacle. Disposés en demi-cercle devant elle, les bâtiments (abandonnés pour la plupart) avaient leurs fenêtres barricadées de nombreuses planches de bois sèches, déformées par les années et les intempéries. Les trottoirs, ensevelis sous un amoncellement de mauvaises herbes, assombrissaient davantage les vieilles pierres couvertes de poussières, perdues ça et là sous des restes d'affiches déchirées et quasi illisibles.

La jeune femme parcourut la rue du regard à la recherche d'un quelconque signe de vie, avant de tomber sur l'enseigne défraîchie du motel auquel avait fait allusion le prêtre avant de disparaître.

« Allons-y! En espérant y trouver un téléphone en état de marche, parce que sinon... » soupira-t-elle à nouveau en jetant un œil désespéré à son cellulaire dont l'icône de batterie clignotait à tout rompre, et de pousser la porte de l'établissement où un large comptoir poussiéreux faisait office d'accueil.

Sur la droite, un vase rempli de fleurs fanées reposait sur une pile de vieux prospectus électoraux, juste à côté d'un téléphone à cadran qui semblait ne pas avoir servi depuis une éternité.

Peu convaincue, Britany s'empara du cornet et le porta à son oreille.

« Je m'en doutais un peu... » ajouta-t-elle, désespérée, en reposant indélicatement le combiné sur sa base.

C'est alors qu'elle entendit retentir les cloches de l'église, l'écho se répercutant avec force tout au long des rues étroites du village.

« Il aurait pu me dire qu'il avait du boulot. Pas la peine de m'envoyer chier comme il l'a fait » grommela-t-elle en un nouveau haussement de sourcils.

« En attendant, cela ne résout pas mon problème... »

La jeune femme contourna ensuite le comptoir dans l'espoir d'y trouver un autre téléphone (destiné au personnel du motel ou même au propriétaire lui-même).

Malheureusement, l'espace était complètement vide.

– Puis-je vous aider ? l'interrompit soudain une voix grave en provenance de l'autre bout de la pièce.

– Oh... euh, oui, s'il vous plaît, répondit machinalement Britany en cherchant son interlocuteur du regard, sans toutefois parvenir à le localiser. Je... j'ai eu un accident de la route et euh... je cherche un garagiste mais je n'ai plus de batterie sur mon cellulaire. Donc un téléphone fonctionnel ferait l'affaire aussi. Du moins, dans un premier temps.

– Il n'y a plus de garagiste ici depuis des lustres, ma petite, ricana une petite dame trapue qui venait d'apparaître, sortant de la pièce voisine en boitant.

Son teint pâle et sa maigreur firent frémir la jeune femme qui plaça la main droite sur son cou, rebutée par le plissement de la peau de la personne lui faisant maintenant face.

– Oui, je suis au courant. Le prêtre vient de me prévenir de ce fait. Enfin, il y a quelques minutes. Mais, pour le téléphone ? Celui sur le comptoir ne semble pas avoir de tonalité et je...

– Plus d'électricité depuis un moment, coupa aussitôt la tenancière.

– Quoi ? Pas la peine donc de vous demander si je peux recharger mon cellulaire, soupira Britany, dépitée, tandis que la réceptionniste ne lui prêtait que peu d'attention. Bon, ce n'est pas grave... Auriez-vous une chambre à me louer pour cette nuit ? Je viens de marcher plusieurs heures et je suis morte de fatigue.

– Tenez, ajouta la vieille femme en glissant un trousseau de clefs sur le comptoir, juste devant la touriste qui fouillait son sac en quête de son porte-cartes.

– Je suppose donc que vous ne prenez pas Visa ? Peu importe. Combien pour la chambre?

– Deux cent dollars.

– Deux cent dollars ? Pour une seule nuit ? s'offusqua Britnay en sortant quelques billets chiffonnés de la poche arrière de son jeans. J'espère que la vue est belle à ce prix-là ! Je n'ai que cent vingt dollars en liquide.

– Cela fera l'affaire, ajouta sèchement l'aubergiste en lui arrachant les billets des mains. Quant à la vue...

– Oui ?

– Je n'ouvrirais pas les fenêtres si j'étais vous.

– Pourquoi ça ?

La question de Britany demeura sans réponse. À peine le temps de ramasser ses affaires que son interlocutrice avait disparu.

« Sympa la vieille... Je sens que je vais me plaire dans ce village » acheva-t-elle en se dirigeant vers le large escalier qui crissa sous chacun de ses pas jusqu'à l'étage où le papier peint (d'un horrible vert sombre strié de brun) donnait un aspect des plus austère à l'établissement.

De part et d'autre d'un couloir au plancher verni de noir écaillé par endroit, Britany vit des portes marquées de numéros gravés sur des plaques de cuivre aux dimensions variées, usées et parfois branlantes, disposées dans un ordre visiblement aléatoire.

« Qui est l'imbécile qui a organisé ce motel ? Encore un qui, visiblement, avait le sens de l'humour... Bon, voyons voir... Numéro dix-sept. Hum... Pas ici, pas ici non plus. Ah, dix-sept ! Nous y voilà. »

La clef, tordue à deux reprises, pénétra difficilement dans la serrure mais la porte céda finalement en grinçant sur ses gonds.

Richement meublée, la chambre se dotait de deux hautes fenêtres barricadées, garnies de longues tentures de velours jaune, poussiéreuses et à l'odeur de moisi, retenues de part et d'autre par d'imposants crochets métalliques.

Sur la gauche de l'entrée, un lit double à baldaquin était couvert d'une couverture épaisse aux motifs floraux d'un goût plus que douteux, entouré de deux tables de nuit munies chacune d'une lampe à large abat-jour de couleur ocre.

Sur la droite, Britany vit une large cheminée surplombée d'un haut cadre dont la représentation la fit frémir : un homme à la stature imposante la fixait d'un regard sombre, de telle sorte que l'on aurait pu croire qu'il était réellement là à l'observer, telle une bête sauvage sortie tout droit d'un des plus terribles films d'horreurs qu'elle ait eu l'occasion de visionner de toute sa vie.

La jeune fille avala un peu de salive et, sans attendre, attrapa la chaise posée à côté de l'âtre pour décrocher le cadre qu'elle enferma dans un placard pourvu d'une double porte sculptée.

Rebutée par l'aspect effrayant de l'endroit, mais totalement épuisée de sa longue marche, elle secoua les draps et se coucha, plongeant rapidement dans un sommeil profond.

Quelques heures plus tard, Britany ouvrit les yeux, alertée par un bruit étrange.

Elle s'extirpa précautionneusement des draps, la gorge complètement sèche et le nez bouché par la poussière ambiante et se dirigea vers la fenêtre, somnolente.

Obstruée par une série de planches de bois, elle ne parvint pas à distinguer avec exactitude ce qu'il se passait dans la rue, mais aperçut la silhouette qui venait de quitter le parvis de l'église pour disparaître dans un imposant brouillard.

« Que fait ce prêtre dehors à cette heure? » se demanda-t-elle en fronçant les sourcils, curieuse.

Elle se hissa sur la pointe des pieds pour voir davantage avant de sursauter, effrayée par un craquement qui retentit au-dessus de sa tête.

« Tu deviens parano, ma pauvre fille ! Dans un motel, c'est normal qu'il y ait des bruits. Pfff. Enfin, je n'ai pas vu grand monde jusqu'à présent mais bon, je n'ai pas passé beaucoup de temps dehors non plus. Et puis, ce n'est pas parce que c'est moche que c'est dangereux! »

Malgré tout, Britany jeta un œil autour d'elle, attentive au moindre son pour s'assurer que tout était normal.

Elle se tourna à nouveau vers la fenêtre pour suivre la progression du prêtre mais s'aperçut rapidement que celui-ci avait disparu de son champ de vision. Déçue de ne pas avoir pu assouvir sa curiosité, elle retourna se coucher sous la couette tandis que des pas faisaient craquer le plancher au-dessus de sa chambre, telle une petite fille apeurée après avoir visionné un film effrayant.

Bercée par le *tic tac* de l'horloge du rez-de-chaussée, elle finit par s'endormir pour ne se réveiller qu'au petit matin, les yeux cernés et envahie d'un terrible mal de tête.

« Quelle nuit étrange... » pensa-t-elle en s'étirant longuement avant de se figer, les yeux rivés sur sa table de nuit où un plateau était posé, garni d'une assiette composée de deux œufs sur le plat, de trois tranches de bacon mais également d'un grand verre de jus d'orange et d'un petit pain chaud.

« Comment ce plateau est-il arrivé ici ? La porte est... »

Elle se précipita vers la porte et attrapa la poignée qu'elle tourna entre ses doigts tremblant.

Celle-ci, verrouillée, se contenta de grincer, sans jamais céder. Effrayée, Britany se retourna, cherchant rapidement une explication rationnelle à la situation.

« Cet endroit me fout vraiment la trouille. Il faut que je parte d'ici! »

Sans attendre, elle ramassa ses affaires et, malgré la faim qui lui tiraillait le ventre, sortit de la chambre d'un pas rapide, ne prenant même pas la peine de refermer derrière elle.

Au rez-de-chaussée, elle aperçut la vieille dame de la veille, qu'elle prit à peine le temps de regarder, si ce n'est pour lui donner les clefs de la chambre qu'elle conservait dans le fond de sa poche.

– N'hésitez pas à revenir nous voir, lui lança-t-elle d'une voix froide et peu convaincante.

– Cela ne risque pas ! rétorqua la jeune femme en sortant, éblouie par le soleil de plomb qui inondait la rue de ses rayons vifs et chauds.

Une main en visière, elle scruta les vitrines alentours à la recherche d'un téléphone éventuel, jusqu'à ce qu'elle tombe nez-à-nez avec le Père Thomas qui la fit sursauter, tant son visage blême et cerné faisait peur à voir.

– Oh ! Mon Père... Vous m'avez fait une de ces peurs.

– Bonjour, ma fille. Je ne m'attendais pas non plus à vous croiser ici. Je pensais que vous étiez déjà partie.

– J'aurais bien voulu mais le téléphone du motel est hors service et j'avais besoin de me reposer un peu avant de reprendre la route.

– Parfait.

– Vous dites ?

– Rien de tel qu'un peu de repos pour permettre au corps et à l'esprit de reprendre des forces.

– Effectivement. Savez-vous s'il existe une autre possibilité de communiquer avec la ville la plus proche ? La responsable du motel m'a signalé qu'il n'y avait plus d'électricité, ce qui rend impossible tout contact via le téléphone. Je ne sais même pas recharger mon cellulaire...

– Ah bon ?

– Vous n'en étiez pas informé ?

– Bien sûr que si, mais j'avais oublié ce détail.

– Mon Père, vous allez bien ? Vous êtes si pâle...

– Je vais parfaitement bien, ne vous inquiétez pas pour moi, ma fille.

Le prêtre posa la main sur l'épaule de Britany et reprit son chemin sans piper mot.

La jeune fille, peu convaincue de la conservation qu'elle venait d'échanger, réfléchit un instant avant de se diriger vers un bâtiment sur sa droite.

La double porte vitrée, calfeutrée par deux panneaux de bois couverts d'affiches délavées, était maintenue scellée par une lourde chaîne fermée par un cadenas blindé.

« Je me demande pourquoi toutes les portes et fenêtres sont protégées de la sorte. Car même si tout le monde semble avoir déserté le village, cela ne nécessite pas de prendre de telles précautions. À moins que la région ne soit sujette aux tornades ? Qui sait! Il faudra que je me renseigne à ce sujet. » acheva-t-elle en haussant les épaules, avant de se faufiler par la fenêtre défoncée sur la gauche de l'entrée principale.

À l'intérieur, une impressionnante quantité de morceaux de verre jonchait le sol. Britany fit quelques pas, évitant le mobilier de bureau et les chaises renversées qui lui barraient la route.

Au fond de la pièce, elle vit une grande bibliothèque remplie de livres aux couvertures rigides, de classeurs aux feuilles éparpillées ou rangées pêle-mêle sur les planches poussiéreuses et couvertes de plâtre mural.

« Ce village a l'air complètement abandonné. Je me demande ce qu'il s'est passé ici... et surtout où se cachent les habitants qui sont censés vivre ici. Car à part la vieille femme du motel et ce prêtre bizarre, je n'ai encore vu personne. Tiens, qu'est-ce que c'est ? »

Britany ramassa sur le sol un cadre à la vitre brisée, dans lequel elle vit une photo reprenant ce qui semblait être l'ensemble des têtes pensantes de Westrelöm, à en juger par leur allure et la qualité de leurs vêtements.

Elle ôta le cliché et le dépoussiéra de la paume de la main avant de le retourner, attirée par un relief laissé par le tracé d'un stylo bille.

« 2012... Cela fait à peine deux ans. Il doit y avoir une erreur quant à la datation car il est impensable d'imaginer que le village en arrière-plan soit le même que celui où je me trouve actuellement. »

La jeune femme sursauta soudain, surprise par un bruit sourd qui retentit au sous-sol.

Sur sa gauche, un peu en retrait, elle vit un escalier disparaître dans l'obscurité, d'où émanait un petit nuage grisâtre.

Apeurée, elle attrapa l'un des classeurs devant elle et sortit le plus vite possible, manquant de tomber à hauteur de la fenêtre.

Une fois dehors, elle s'éloigna de la bâtisse et se retourna, vérifiant que personne ne l'avait suivie.

« Bon sang. Soit je suis vraiment parano, soit il se trame quelque chose ici. Allons, Britany, tu n'as plus huit ans, ma pauvre fille. Ressaisis-toi ! C'est sûrement une caisse qui est tombée, rien de plus. D'un autre côté, j'ai beau ne plus être une enfant, ce village a tout pour foutre la trouille, et ce à n'importe qui. Enfin, je me fais sûrement des films. Cela ira mieux quand je serai rentrée à la maison et que toute cette histoire sera loin derrière moi. En attendant, il faut que je trouve un moyen de faire réparer ma voiture... Et ça, c'est pas gagné. »

Peu convaincue et la peur au ventre, Britany reprit le chemin du motel avant de s'arrêter, le regard rivé sur la gauche.

Un peu plus loin, juché au sommet d'une colline à l'herbe raréfiée, elle aperçut une haute grille de fer forgé dont l'un des battants reposait sur le côté, appuyé contre un muret couvert de lierre. Au-delà, elle vit quelques pierres tombales brisées, devant lesquelles un homme se trouvait penché, visiblement en prière.

« Eh, Monsieur ? » cria-t-elle alors en se précipitant vers lui, ravie de croiser quelqu'un qui, elle l'espérait, pourrait l'aider à repartir au plus tôt.

« Monsieur, monsieur ? Excusez-moi... ? »

Elle s'arrêta, tandis qu'elle se baissait à sa hauteur, inquiète du mutisme de ce dernier.

Appuyé sur les genoux, penché légèrement vers l'avant, le vieillard avait les yeux fermés, mains posées sur les jambes.

Britany se plaça sur sa droite et posa une main sur son épaule, avant que celui-ci ne s'effondre sur lui-même, provoquant un choc intense chez Britany.

– Oh mon Dieu ! Il est... il est...

– Probablement mort, acheva le Père Thomas en surgissant de nulle part, juste derrière la jeune femme qui sursauta avant de s'éloigner, blême de peur.

– Je... je n'y suis pour rien... Je... je...

– Calmez-vous, je vous en prie, dit-il en s'agenouillant aux côtés du vieillard pour prendre son pouls.

– Facile à dire !

– Il était malade depuis quelques temps. Oui, malade..., annonça le prêtre sans grande conviction.

– Qu'avait-il ?

– Une maladie rare.

– Mais encore ?

– Pourriez-vous me laisser seul, je vous prie, le temps que je prie pour lui ?

– Oui, bien entendu, acquiesça Britany en s'éloignant quelque peu, ne comprenant pas pourquoi une simple prière d'adieu nécessitait qu'elle se tienne à l'écart.

Tandis que le prêtre prononçait quelques mots à voix basse, penché au-dessus du mort qu'il venait d'allonger à même la terre, la jeune femme jeta un œil aux tombes voisines, constatant que malgré l'importante superficie dédiée au cimentière, celles-ci étaient très peu nombreuses, bon nombre d'entre-elles ayant même été vidées de leurs occupants.

Ne quittant pas les stèles des yeux, elle fit quelques pas vers le Père Thomas, songeuse.

– Mon Père ?

– Oui, ma fille ?

– Qu'est-il advenu de ces corps ?

– Je les ai... déplacés.

– Déplacés ? Où ça ?

– Ailleurs... Ce cimetière avait besoin de renouveau. Et, comme je vous l'ai signalé, les habitants sont peu nombreux, ce qui rend plus difficile l'entretien d'une pareille surface.

– Je comprends. Ce que je trouve le plus étrange, en fait, c'est que toutes ces tombes appartiennent à des personnes décédées il y a deux ans environ. Mais où sont les autres ?

– Vous êtes bien curieuse pour une personne qui ne fait que passer, soupira le prêtre en plaçant les mains du mort sur sa poitrine, avant de lui replacer la cravate quelque peu défaite qui entourait son cou.

– Je me posais juste la question. Que s'est-il passé ici il y a deux ans ? J'ai vu une photographie et...

– Ne cherchez pas à comprendre ce à quoi vous ne pourriez faire face, Mademoiselle.

Surprise, Britany patienta, observant le moindre mouvement du prêtre qui s'empressa de replacer le col de chemise du mort pour que la jeune femme n'aperçoive pas l'ecchymose qui le parcourait du côté gauche.

– Vous feriez mieux de me laisser terminer ceci et de rentrer au motel.

– Mais, je...

– S'il vous plaît.

– Je n'ai toujours pas trouvé de téléphone et...

– De toute manière, avec ce temps, je crains fort que vous ne soyez ici encore pour cette nuit. Allez prendre un peu de repos, Britany. Nous tenterons de trouver une solution à votre problème dès demain matin.

– ...

La jeune femme s'éloigna, déçue de devoir une nouvelle fois passer la nuit dans ce village étrange. Le classeur serré contre elle, Britany reprit la direction du motel avant de s'arrêter, perplexe.

« Et je fais comment, moi, pour payer la chambre ? Je n'ai plus de liquidités et sans électricité, ma Visa ne me sera d'aucune utilité. Je ne pense pas non plus que cette vieille chouette me donnera la clef sans paiement préalable. »

Sans conviction, elle poussa le battant de la porte, pour se retrouver une nouvelle fois nez-à-nez avec le comptoir vide de toute vie.

Elle approcha et pressa la petite cloche posée sur sa gauche, se préparant mentalement ce qu'elle allait dire à la tenancière pour tenter de s'octroyer sa pitié, le temps d'une nuit.

Les minutes passèrent et malgré plusieurs appels, la vieille dame ne se montra pas.

Lasse, Britany contourna le comptoir pour venir se placer devant les petits rangements destinés aux clefs, jetant régulièrement un œil dans le couloir adjacent au cas où la propriétaire des lieux ferait son apparition.

« Tant pis... Dans le cas présent, je n'ai pas d'autre choix que d'assurer le service moi-même. Je verrai plus tard pour la note. »

Peu rassurée à l'idée de retrouver la chambre de la nuit précédente (ainsi que l'horrible cadre qu'elle s'était empressée d'ôter du mur), Britany piocha une clef plus petite, moins tordue et plus légère que la précédente, et la glissa dans sa poche.

Pleine d'espoir, elle décrocha une nouvelle fois le combiné du téléphone, priant intérieurement que l'électricité soit revenue pendant la nuit, mais fut une nouvelle fois déçue lorsqu'elle constata l'absence de tonalité.

« Ouais... Tu t'attendais à quoi, ma grande ? Pfff »

D'un pas lourd, elle monta la longue série de marches la séparant de sa chambre, le plancher craquant une nouvelle fois sous ses baskets couvertes de boue.

Une fois installée, Britany songea qu'elle adorerait prendre une bonne douche, mais un simple regard autour d'elle lui fit retoucher terre.

La salle de bain était dans un tel état qu'il était hors de question de s'en approcher sans avoir pris la peine, au préalable, de faire un bon ménage.

Britany leva le bras et sentit son aisselle avant de conclure que vu qu'elle serait partie le lendemain matin, elle pourrait encore patienter, même si cette idée lui déplut au plus haut point.

Lasse, elle se laissa tomber sur la couche terne en soupirant, sa main venant s'écraser sur le classeur sans la moindre délicatesse.

« Qu'est-ce que ? Ah oui, c'est vrai ! J'avais ramené ça tout à l'heure. Voyons un peu ce que cache ce village... Enfin, dès que j'aurai mis mes lunettes. »

Elle se glissa hors du lit et ouvrit son sac à main, dans lequel elle trouva un petit étui de velours noir rigide, dans lequel se trouvait une paire de lunettes discrète à la monture faite d'un alliage d'or et d'argent. Doucement, elles les plaça sur le haut de son nez, revint s'asseoir confortablement et ramena le classeur sur ses genoux repliés.

« Des coupures de presse. Et il y en a un paquet! »

Elle parcourut les écrits avec minutie, l'un après l'autre, prenant bien soin d'analyser chaque cas, notant autant que faire se peut les détails – parfois sanglant – relatés au travers d'une multitude de lignes calibrées, exprimés en long et en large par des mots précis visant à créer un certain état de choc chez le lecteur, dans le seul et unique but de faire acheter l'édition suivante, décrivant avec encore plus de précision l'événement du moment.

Les sourcils froncés, elle passa des heures ainsi occupée, avant, finalement, de relever le regard sur la chambre obscurcie.

Sur la table de nuit, une grosse bougie jaunâtre brûlait, la flamme se dandinant avec lourdeur, de petites étincelles venant, de temps à autre, perturber sa base d'un bleu intense.

« Grand Dieu. Que d'atrocités ! Pas étonnant que ce village ne ressemble plus à rien. Et le pire dans tout ça, c'est que tout s'est passé si vite... À peine une année entre le premier et le dernier événement. Pauvres gens... »

L'un des articles retint particulièrement son attention, en date de juillet 2012. Il était question d'une disparition affolante qui c'était soldée par la mort d'un jeune garçon, retrouvé aussi blanc que la neige, à l'exception d'une large ecchymose au niveau du cou.

Elle prit un second article et commença sa lecture jusqu'à ce que, soudain, un terrible hurlement ne déchire le silence des lieux, suivi d'un grand *boum* en provenance de la pièce au-dessus.

Ni une, ni deux, Britany bondit hors du lit, le cœur battant la chamade, blême de peur.

Les cris retentirent à nouveau, suivis d'un nombre ininterrompu de chocs et de meubles renversés. De toute évidence, une lutte venait de s'engager à l'étage supérieur et il était fort probable que quelqu'un se trouvait dans une situation de grande détresse.

« Qu'est-ce que je fais ? Mais qu'est-ce que je fais ? » se demandait-elle en faisant les cents pas dans la chambre, les yeux rivés vers le plafond tandis que les bruits persistaient sans relâche.

Au bout de quelques secondes, la jeune femme se décida et, prenant à deux mains le chandeliers qui ornait – probablement depuis des années – ce qui servait de table à manger, elle se dirigea vers la porte, grelottant de tout son être.

« T'es complètement barge ma pauvre fille ! Prends tes affaires et casse-toi de ce village au plus vite ! Qu'ils se démerdent avec leurs problèmes... Tu n'as rien à voir là-dedans après tout. »

Terrorisée, elle ramassa son sac et ouvrit délicatement la porte.

Un silence total régnait. La nuit occupait la quasi-totalité du couloir, à l'exception d'un angle de lumière offert par la bougie posée sur la table de nuit et qui se reflétait sur le plancher verni avec douceur.

Effrayée, Britany passa lentement la tête par l'embrasure de la porte et regarda de part et d'autre du couloir pour s'assurer que tout allait bien.

*Tant qu'ils font du bruit à l'étage, je ne risque rien*, songea-t-elle, le bougeoir muni d'une chandelle allumée dressé devant elle en guise d'arme.

*Tout ce que tu as à faire, c'est de rejoindre l'entrée et de foutre le camp d'ici. Tant qu'il y a du bruit, tout va bien*, se répétait-elle inlassablement pour essayer de se rassurer.

Le plus discrètement possible, elle fit quelques pas en-dehors de la chambre, prenant bien soin de ne pas faire craquer le plancher sous ses pieds.

Petit à petit, elle progressa dans le couloir sombre, écoutant avec attention les bruits et les cris qui couvraient toujours sa présence.

Puis, soudain, tout devint calme. Terriblement calme.

Britany fit un demi-tour sur elle-même, terrorisée, ses membres se mettant à trembler de plus en plus, sa gorge se nouant au point de presque l'empêcher de respirer. Tant bien que mal, elle prit une grande inspiration et (dans sa tentative de vouloir se détendre) expira, éteignant par la même occasion la petite flamme qui disparut en un fin filet de fumée à l'odeur de cire chaude.

Morte de peur et plongée dans le noir le plus complet, elle n'avait d'autre solution que de retourner à sa chambre, tâtonnant les murs pour se diriger.

À l'étage, elle entendit une porte s'ouvrir en grinçant, suivie de quelques pas lourds et affirmés qui se dirigèrent vers la droite, en direction de l'escalier.

Les larmes ruisselèrent sur les joues de Britany à mesure que la peur l'envahissait. Elle craignait pour sa vie et priait intérieurement de pouvoir s'en sortir, d'avoir le temps de regagner sa chambre sans se faire prendre, espérant passer inaperçue.

Calquant sa démarche sur celle de la personne à l'étage supérieur, elle toucha finalement (au bout d'un moment qui lui parut interminable) le montant de la porte restée grande ouverte. Elle s'engouffra dans le vide qui s'offrait à elle avant de refermer l'ouverture qu'elle verrouilla précipitamment à double tour.

Sans toutefois allumer de bougie, elle cala une chaise sous la poignée et recula pour aller se cacher sur son lit, la couette collée sur la bouche pour masquer sa respiration saccadée.

Les pas approchaient, laissant craquer les marches les unes après les autres dans un bruit terrifiant. Il y eut ensuite une sorte d'hésitation, un moment durant lequel les bruits cessèrent, un peu comme si la présence étrangère réfléchissait à la direction à prendre. Puis, comme le craignait Britany, ils se firent entendre à nouveau, plus proches à chaque seconde, jusqu'à ce que la poignée de la chambre se mette à tourner. Lentement, d'un côté puis de l'autre. La chaise glissa de quelques millimètres sur le plancher, ce qui fit comprendre à la jeune femme que quelqu'un essayait d'entrer.

Les yeux remplis de larmes, elle baissa la tête et pria, les mains crispées sur la couette qui se raidit depuis le bord du lit jusqu'à Britany.

Durant quelques secondes, elle imagina le pire et manqua de perdre connaissance, avant de se rendre compte que les bruits avaient cessés et que tout semblait redevenu calme dans le couloir.

Cependant, elle ne se risqua pas à aller vérifier.

Elle resta assise dans son lit, les yeux grands ouverts, dans l'attente du petit matin.

Seul le *tic tac* de l'horloge accompagna son angoisse, lui laissant imaginer les pires atrocités jusqu'à ce que, petit à petit, le soleil ne vienne inonder le sol de la chambre, brisant les interstices laissés entre les planches de bois barricadant les fenêtres de petits rais d'une lumière chaude et rassurante.

Les yeux cernés et rougis de larmes, la jeune femme se dirigea vers la porte pour y poser l'oreille et patienter. Aucun bruit ne venait perturber la quiétude à présent rétablie, tant et si bien qu'elle se décida à ôter la chaise pour se faufiler à pas feutrés vers le hall du motel.

Une fois dehors, elle prit une grande inspiration et se jura de ne jamais revenir dans cet endroit, même si cela signifiait de passer la nuit à l'extérieur.

Épuisée et le ventre grondant à tout rompre, elle examina une nouvelle fois les bâtiments alentours.

« Je meurs de faim, mais je doute pouvoir trouver de quoi manger ici. Mais qui ne tente rien, n'a rien. Pas vrai ? Au pire, je retournerai voir le prêtre si je ne trouve rien. Il pourra sans doute me renseigner.»

Les membres encore endoloris par la peur, elle porta son sac à main sur son épaule tandis qu'elle se dirigeait vers la gauche, en direction d'un petit bâtiment muni d'une vieille enseigne à néon, sur laquelle on pouvait encore distinguer les textes de deux pancartes collées sur la vitre de la porte.

« On dirait un restaurant. Voilà qui pourra faire l'affaire. Si toutefois j'y croise quelqu'un qui puisse encore me servir quelque chose... et qui aura suffisamment pitié de moi pour m'offrir un repas. »

Croisant les doigts, elle poussa la porte et entra avec méfiance.

Contrairement au reste du village, l'intérieur du restaurant semblait encore plus ou moins intacte : le comptoir était propre et la vitrine adjacente camouflée par des pages complètes de journaux, laissait deviner la présence d'une nourriture encore comestible.

Ravie, Britany voulut passer derrière le présentoir lorsqu'elle fut arrêtée net par le canon d'un fusil, posé directement sur sa nuque.

– Vous êtes qui, vous ?

– Je m'excuse. Je pensais qu'il n'y avait personne. C'est pourquoi je... commença-t-elle en levant les mains à hauteur des oreilles.

– Le jour où le ménage se fera tout seul, je serai aussi riche que la reine ! Poussez-vous de là !

La jeune femme s'exécuta, laissant passer devant elle un homme d'à peine un mètre cinquante, au crâne dégarni et à la barbe bien fournie. Vêtu d'un chandail d'un brun immonde et d'un pantalon déjà d'un certain âge, il longea le comptoir et posa le fusil avant de se tourner à nouveau vers Britany, le visage grave.

– Vous voulez quoi ?

– Manger quelque chose. C'est le but de mon intrusion dans votre restaurant.

– Pourquoi êtes-vous venue à Westrelöm ?

– À la base, j'étais en route pour Krimstown mais j'ai eu un accident avec ma voiture de location, à quelques kilomètres d'ici. J'ai donc marché jusqu'ici pour trouver un garagiste capable de me la remettre en état.

– Il est mort, coupa sèchement l'homme, le visage devenant de plus en plus pâle.

– Mort ? Mais le prêtre m'a dit que...

– Oubliez ce qu'il vous a dit. Ce vieux bougre a perdu la tête depuis longtemps, acheva-t-il en posant les mains à plat sur une planche accrochée contre le mur du fond de la pièce.

– Oh...

– Des œufs, ça vous va ? interrogea le restaurateur en sortant une assiette d'un long frigidaire peint maladroitement d'une épaisse couleur vert pomme.

– Je... oui, bien sûr. Je vous remercie.

– Vous me remercierez quand vous serez loin d'ici, jeune fille.

Britany, qui venait de prendre place sur un tabouret face à lui, se réjouit du repas à venir.

Celui-ci se déroula dans le plus grand silence, le restaurateur scrutant régulièrement la rue en tendant l'oreille avec inquiétude.

Finalement, la jeune femme se tourna vers lui, après avoir avalé une grande gorgée d'eau.

– Que s'est-il passé ici ?

– Beaucoup de choses...

– C'est-à-dire ?

– Des choses horribles, qu'il vaudrait mieux ne pas demander à entendre.

– Cela a-t-il un lien avec les disparitions ?

– Qui vous a parlé de ça ? demanda-t-il, le visage assombri.

– J'ai trouvé des coupures de presse dans un bâtiment, un peu plus loin de ce côté, indiqua Britany d'un geste de la main.

– Les anciens bureaux du journal local. Cela ne m'étonne pas d'eux. Ces charognards se sont toujours nourris du malheur des autres.

– Ce que j'ai du mal à comprendre, c'est que tous ces faits semblent s'être produits sur un laps de temps relativement court. Pourquoi ? Qu'est-ce qui a provoqué cela ?

– C'est... c'est à cause de...

– Oui ? demanda Britany avec curiosité.

– Il y a deux ans, un groupe d'archéologues est venu ici avec la ferme intention d'organiser des fouilles à l'arrière du cimetière.

– Cherchaient-ils quelque chose en particulier ?

– L'un d'entre eux avait une série de documents, apparemment très anciens, qui parlaient d'une coupe mystérieuse, capable de révéler les plus sombres pensées de celui ou de celle qui y buvait. Bien sûr, personne ici n'y a cru mais bon, ils avaient obtenu une autorisation du maire. Vous comprenez ?

– Oui... Finalement, ont-ils trouvé quelque chose ?

– Personne ne le sait.

– Comment cela ?

– Ils ont disparu avant d'avoir pu en dire davantage.

– Disparus ?

– Oui. L'équipe au grand complet.

– Les vautours, ragea Britany.

– Pas ce genre de disparitions, non. Je n'ai pas dit qu'ils avaient quitté le village en douce. J'ai dit qu'ils avaient disparus.

– Je crains de ne pas vous suivre.

– Leur matériel était encore sur le site de fouilles, mais pas eux. La police a organisé des recherches durant des semaines, sans jamais rien trouver. On a jamais plus entendu parler de ces gars. Comme s'ils s'étaient volatilisés.

– Étrange. Et pour le petit garçon ?

– On l'a retrouvé près du champ, le cou complètement bousillé. Une bien triste affaire...

– Y en a-t-il eu d'autres ?

– Des dizaines en moins de quelques mois.

– Que dites-vous ?

– Des dizaines. Tous morts de la même façon. Blancs comme neige, les yeux révulsés et une marque importante sur le côté gauche du cou.

– Et la police, qu'en dit-elle?

– Je ne sais pas. Ils ont fuit quand ils ont vu que ça virait au vinaigre.

– Super.

– La seule personne qui a tenté d'en savoir plus, c'est ce bon vieux docteur Zoporotowitch. Il avait un bureau un peu plus haut, juste avant la grange. Quand toutes ces bizarreries se sont produites, il a été le seul a avoir cherché la vérité. Il a interrogé tout le monde. Il y a passé un temps fou.

– Cela a-t-il aidé à faire avancer l'enquête ?

– Personne ne le sait. Parce que lui aussi il a disparu.Heureusement, peu de temps après, les choses se sont tassées dans le village. Mais le mal était fait. Beaucoup on prit la fuite pour éviter de revivre ça. Depuis, on survit comme on peut.

– Combien de personnes vivent encore à Westrelöm ?

– On est trois. Il y a Lucie, au motel, le Père Thomas et moi. À part nous, plus personne ne passe ici... sauf dans des cas exceptionnels comme vous. Mais ils ne restent pas. On les voit passer et puis ils s'en vont sans jamais revenir, acheva-t-il avec tristesse.

– Oui, c'est dommage, mentit Britany, bien consciente qu'elle n'aspirait qu'à partir, elle aussi. Dites, changea-t-elle alors de sujet, je vois que vous avez du matériel ici : un frigidaire, une cuisinière... Cela signifie-t-il que vous avez encore l'électricité ? demanda-t-elle avec espoir.

– Non. Le frigidaire ne fonctionne plus et je fais toutes mes cuissons sur un feu au charbon que je tiens allumé à l'arrière. Cela fait bien longtemps que nous n'avons plus de jus, ma petite.

– Oh... Je vois. Tant pis, se résigna-t-elle alors. Sur ce, je vais vous laisser, Monsieur. Le Père Thomas doit m'aider à trouver une solution pour réparer ma voiture. Merci encore pour le repas.

– Avec plaisir. J'espère... que vous pourrez repartir...

– Pourquoi cela ne serait-ce pas le cas ?

– Au plus tôt ! Je voulais dire... repartir... au plus tôt.

– Désolée, j'avais mal compris. Merci et bonne journée.

Britany sortit du restaurant, se demandant ce que son interlocuteur avait pu sous-entendre avec sa dernière phrase. Il est vrai que ce village donnait froid dans le dos mais de là à imaginer ne plus jamais vouloir en partir, il y avait un monde tout de même. Après tout, il ne s'agissait que d'un accident de voiture.

Perdue dans ses pensées, elle se dirigea vers la grange qui, à première vue, était le plus haut bâtiment du village.

« Ce n'est visiblement pas non plus de ce côté non plus que je trouverai quelque chose d'agréable à regarder. Pauvre homme... Vivre seul ici avec cette vieille femme et ce prêtre, alors qu'il semblait y avoir tant de vie et de bonheur il y a quelques mois à peine... »

Hochant la tête de droite à gauche, elle arrêta son regard sur une étroite façade portant une plaque gravée de couleur délavée qu'il lui fut impossible de déchiffrer au premier abord.

Z...oro...it...h – Psych...og...

« Le bureau du psychologue. Je ferais bien d'aller y faire un tour. Non, Britany ! La curiosité est un vilain défaut et t'a déjà apporté pas mal de problèmes dans le passé. Et puis, après tout, cela ne te regarde pas ! Il n'empêche que je pourrais peut-être découvrir ce qu'il s'est passé ici, ce qui aiderait sans doute ce village à revivre. Car après tout, si les gens apprennent la vérité et que tout rentre dans l'ordre, pourquoi ne reviendraient-ils pas ? »

Avec précaution, elle poussa la porte et entra dans un petit bureau sans grande prétention, dont le contenu avait été mis sans dessus dessous. Les cartons, renversés contre les murs, laissaient échapper leurs dossiers aux bords abîmés, leurs feuilles remplies de notes manuscrites recouvrant le sol d'une sorte de tapis blanc cassé.

Sur la gauche, une chaise avait été brisée et gisait à la base d'un escalier au verni caillé, privé de plusieurs de ses marches.

« Que s'est-il passé ici ? On dirait qu'il y a eu une bagarre... » songea Britany en s'accroupissant auprès d'un dossier qu'elle feuilleta sans attendre.

« *montre des signes de peur chronique... entend des bruits et des grognements... devant la fenêtre... hurlements... nécessite examen médical plus poussé...* » lut-elle sur l'une des feuilles gondolées par la pluie s'étant infiltrée par une fissure du plafond.

« *présente des troubles du comportement et refuse de dormir seul... plongé dans un mutisme permanent depuis... auto-mutilation... nombreuses tentatives de suicide...* »

Abasourdie, Britany poursuivit sa lecture, constatant que chaque patient présentait les mêmes symptômes. Tous semblaient avoir peur la nuit, n'osaient plus sortir ni même vivre en communauté. Bon nombre d'entre eux étaient morts dans des circonstances étranges, voire inconnues, tandis que les autres avaient mis fin à leurs jours, souvent de manière radicale.

Durant quelques minutes, elle réfléchit aux raisons qui auraient pu pousser un village au complet à sombrer dans un tel chaos, jusqu'à ce que son regard se pose sur un dossier quelque peu différent des autres. Sur sa couverture, elle put déchiffrer les mots « in nomine patris », inscrits maladroitement et avec une certaine agitation au coin supérieur droit, puis barré à plusieurs reprises jusqu'à presque disparaître sous un épais trait de stylo noir. À l'intérieur, elle découvrit une série de photocopies, de coupures de presse, mais également de notes manuscrites rédigées d'une main rapide, aux lettres mal écrites et collées les unes aux autres.

Britany tourna les feuilles une à une, cherchant à comprendre ce qui avait pu attirer l'attention du Docteur Zoporotowitch.

« *Jour de fouilles numéro cinq. Partie quatre de la parcelle nord. D9-E9. La terre est légèrement asséchée à cet endroit et montre quelques traces inhabituelles de craquelures, inexistantes sur le reste du site analysé. La pièce mentionnée dans la section E18-3 du premier rapport, émis en date du 2011-10-03, a été envoyée pour analyses. Malheureusement, le colis ne s'est jamais rendu à destination et l'équipe chargée de son transfert n'a plus jamais donné signe de vie. Néanmoins, une concordance a été établie avec l'objet présenté dans l'ouvrage* « *In Nomine*

*Patris », rédigé de la main du Professeur W.R. Dorthwood, page 237, schéma 8. »*

Les sourcils froncés, Britany poursuivit sa lecture durant plus de quinze minutes, avant de lever les yeux en soupirant. Elle sélectionna quelques feuilles, les plia et les fourra dans son sac, avant de sortir, lasse.

« Je ferais bien d'aller voir le prêtre. Il a peut-être du neuf pour moi. Sans compter que je voudrais lui poser quelques questions à propos de tout ça... »

La jeune femme remonta la rue sans prêter grande attention aux devantures.

Sur sa gauche, quelques mannequins recouverts de chiffons étaient rassemblés dans le coin d'une vitrine, tandis qu'un monticule de vêtements mangés par les mites prenait la poussière juste à côté.

Un peu plus loin, une animalerie offrait un spectacle des plus désolant : quelques cages, rouillées et en partie envahies par des nuisibles de toutes espèces, laissaient apparaître les restes d'animaux de tailles diverses : des chiens, des chats, des oiseaux, voire encore des poissons dont seuls les squelettes étaient encore visibles, rendaient le lieu aussi macabre qu'horrifique.

Au bout de quelques minutes, Britany, qui tenait fermement la bandoulière de son sac sur le bord de son épaule, parvint sur le parvis de l'église. Les marches, fraîchement nettoyées, donnaient une impression de grandeur exagérée à l'édifice, tant et si bien qu'en levant les yeux, on avait l'impression d'être accusé avant même d'entrer pour avouer ses fautes.

Doucement, elle poussa la lourde porte et entra, happée par l'étrange obscurité qui y régnait, inhabituelle à ce genre de lieu où la quiétude et l'amour sont de rigueur.

« Il y a quelqu'un ? Mon Père, vous... vous êtes là? » tenta-t-elle timidement dans un premier temps, avant de reprendre un peu plus fort, inquiète du silence ambiant.

Elle avança lentement, petit pas par petit pas, jusqu'à ce que l'autel finisse par se dessiner devant elle, le crucifix projetant son ombre sur le sol froid et sombre tandis que la lumière du jour commençait à décliner au-dehors.

« N'aie pas peur, Britany. Les églises sont là pour rassurer les gens, pas pour leur faire peur. » essaya-t-elle de se rassurer, son dos brusquement parcouru d'un frisson de plus en plus prononcé.

« Mais quelle idée aussi de mettre un crucifix aussi effrayant. C'est sûr qu'avec ça, on ne peut que regretter ses péchés en entrant! »

Elle approcha davantage de l'autel, interpellée par plusieurs tâches sombres incrustées à la surface d'un drap d'une blancheur immaculée qui le traversait de part en part, s'achevant en un somptueux travail de dentelles symbolisant deux angelots se faisant face.

Elle se pencha légèrement, cherchant une quelconque explication à la présence de ces mystérieuses marques. Elle posa la main sur l'une d'entre elle, lorsque soudain...

« Puis-je vous être utile ? »

Britany hurla en sursautant.

– Mon Père ! Vous m'avez fait une de ces peurs.

– Veuillez m'en excuser. Cela n'était pas mon intention.

– Je l'espère, sourit-elle en reprenant son souffle, le cœur battant à tout rompre dans sa poitrine. Je... je... Mon Père, vous allez bien ?

Inquiète, la jeune femme se pencha, essayant de mieux discerner les traits du prêtre dont le visage se trouvait en partie dissimulé sous la large capuche de sa bure. Sur ses joues, elle vit luire les traces de larmes, tandis que ses lèvres demeuraient serrées, un peu comme si le Père Thomas grinçait des dents.

– Je vais très bien. Merci de vous en soucier. Mais que puis-je faire pour vous aider ?

– Vous aviez dit que vous m'aideriez à trouver une solution... pour ma voiture. Mais vu qu'il n'y a pas d'électricité et donc qu'il est impossible de contacter qui que ce soit via le téléphone...

– C'est exact. Je n'ai malheureusement pas eu le temps d'y réfléchir. J'ai eu... un contre-temps.

– Ah, je comprends.

– Le poste de police.

– Quoi ?

– Le poste de police, répéta-t-il. Ils auront peut-être une batterie en état de marche. Cela vous permettra peut-être de faire fonctionner le matériel. Du moins, le temps nécessaire pour un appel.

– Je vais aller y jeter un œil. Merci.

– ...

– Au fait ? ajouta Britany en faisant un demi-tour sur elle-même. Comment est-ce arrivé ?

– De quoi parlez-vous ?

– La perte totale de l'électricité.

– Oh. Eh bien... un incident. Un regrettable... incident. Maintenant, si vous voulez bien m'excuser...

Le Père Thomas salua la jeune femme et se retira d'un pas lent, tandis que le soleil disparaissait derrière les vitraux colorés disposés tout autour de l'abside.

Durant un instant, Britany écouta le son de ses pas sur le sol avant de ressortir, n'ayant toujours trouvé aucune solution pour repartir du village.

Lorsqu'elle referma derrière elle la lourde porte de l'édifice, le Père Thomas revint près de l'autel pour s'agenouiller devant le crucifix sans jamais lever les yeux.

Puis, lentement, il passa les mains sur la nappe souillée, la roula en boule et la jeta au sol avant de passer à la surface de pierre qui supportait, à elle seule, le poids de centaines de célébrations.

# Chapitre III

## *Honteuse dépendance*

Les mains tremblantes, Père Thomas chercha à tâtons, le visage bas, le petit mécanisme ouvrant la base de l'autel.

Le front perlé de sueur et les yeux brûlants, il serra les dents, la tête lui tournant de plus en plus.

« Allez... Je sais que tu es quelque part par là. Seigneur, je vous en prie, donnez-moi la force. »

C'est alors qu'un petit déclic retentit sous ses doigts. Soulagé, il soupira, avant d'écarter péniblement le panneau de pierre rectangulaire qui dissimulait jusqu'alors un vieux coffre métallique dont il s'empara avec empressement.

Pris de violentes douleurs aux jambes et dans le bas du dos, il se redressa pour le poser sur l'autel, écumant.

« Seigneur, ayez pitié du pauvre pécheur que je suis. Épargnez mon âme de la tourmente. Je vous en supplie. »

Tremblant de tout son être, il fouilla le fond de sa poche en quête la petite clef de fer pendouillant au bout d'une cordelette de cuir noir qu'il utilisa pour ouvrir le coffre, effaçant du revers de la main les larmes qui lui troublaient le regard.

Victime d'une peur croissante, il scruta la nef centrale, cherchant parmi les chaises hautes la moindre présence ou le moindre son inhabituel.

Après quelques secondes à retenir sa respiration, il se pencha de nouveau vers le coffre et releva le couvercle.

À la lueur de deux grosses bougies blanches, il en dégagea une large coupe d'un pourpre somptueux, serties de fins filaments dorés ornés d'une quantité impressionnante de diamants et d'émeraudes, qu'il déposa sur l'autel avant de balancer le contenant d'un geste violent du bras, le faisant traverser une partie de l'abside avec une force remarquable.

« In nomine patris... » murmura-t-il alors, caressant la surface noble avec douceur tandis que ses veines se marquaient de plus en plus à la surface de sa main.

« Pardonne-moi, Seigneur, pour ce que je vais faire, mais je n'ai pas le choix. »

Jetant un œil rapide au crucifix, il se dirigea vers la chapelle adjacente et revint avec une échelle qu'il adossa à l'une des colonnes avoisinant l'autel.

Il ramassa ensuite le tissu souillé et se hissa jusqu'à la croix. Précautionneusement, il banda le regard du Christ, comme s'il cherchait par ce geste à se protéger du jugement des Cieux.

Puis, lentement, le cœur gros et les joues couvertes de larmes, il revint vers la coupe qu'il prit à pleines mains pour la lever quelques secondes par-dessus sa tête, la gorge nouée par la honte.

« In nomine patris et spiritus sancti... »

Il pria longuement, les yeux clos et la coupe maintenue devant sa poitrine, tandis que celle-ci se remplissait comme par magie d'un épais liquide rougeoyant, semblable à du sang caillé.

Puis, hésitant, il la porta à ses lèvres et en but plusieurs gorgées, plissant les yeux de dégoût. Se forçant pour ne pas tout recracher, le prêtre tomba à genoux, la coupe frappant le sol avec force.

Pris de spasmes, Thomas porta les mains à sa gorge et tomba face contre terre, les yeux révulsés à cause de la douleur. Son corps se mit à vibrer, comme s'il venait d'être branché sur un circuit électrique à forte puissance, tant et si bien qu'il perdit connaissance un instant.

Lorsqu'il reprit ses esprits, il déboutonna le bouton maintenant la capuche de sa bure au niveau de son cou, haletant.

Autour de lui, l'atmosphère s'était assombrie des derniers rayons de soleil venus empourprer l'église d'une couleur sanguinaire.

« Pardonne-moi, Seigneur. Je ne peux faire autrement. Je... » implora le prêtre en se retournant, prenant appui sur les coudes pour tendre les yeux vers le Christ.

« Je paie mon envie... et ce pour le reste de mes jours. Mais je refuse de mourir. Ô Seigneur, je t'en supplie, viens-moi en aide, par pitié »

À cet instant, les deux maillons supérieurs de la lourde chaîne qui maintenaient le crucifix en place se rompirent, faisant chavirer la croix à l'envers en un balancement grinçant qui horrifia le prêtre.

Le Père Thomas se releva d'un bond, une main sur la bouche, en pleurs, tandis que le sang se mettait à couler en abondance des yeux du Christ.

« Qu'ai-je fait ? Seigneur, je vous demande pardon... » hurla-t-il du plus profond de son être, les chaises se mettant à voler en tout sens dans l'église comme si une armée de démons prenaient possession des lieux.

Mort de peur, les mains à présent sur les oreilles, Thomas se mit à crier de plus en plus fort, recroquevillé tout en suppliant que cela cesse.

Puis, aussi vite que cela était venu, le silence revint. Les hurlements du prêtre se poursuivirent un instant, avant de s'atténuer à leur tour. Sur son visage se dessina alors un léger sourire qui prit de l'ampleur en quelques secondes.

Doucement, il lâcha ses lobes et se redressa.

Seul au milieu de la croisée des transepts, devant un Christ renversé dont les yeux ruisselant de sang avaient fait glisser le tissu épargnant le prêtre de son regard accusateur, Thomas se sentit détendu et terriblement fort.

Lentement, il se tourna vers l'entrée principale qu'il gagna d'un pas lent et cadencé.

Sûr de lui, le prêtre quitta l'église, tandis que la nuit imprégnait peu à peu chacune des façades du village d'un épais manteau de brume.

# Chapitre IV

## *La grange*

« On a dit poste de police. Voyons ce que nous avons ici... Droguerie, quincaillerie, salon de coiffure, bijouterie... Ah, j'y suis ! Espérons que j'y trouverai une batterie en état de marche... »

Britany contourna avec précaution les cartons entassés contre un lampadaire aux globes cassés, écarta le panneau écroulé dans l'ouverture de la porte et entra dans ce qui fut autrefois la pièce principale du commissariat.

Sur le bureau à sa gauche, elle s'empara d'une bougie qu'elle s'empressa d'allumer. Balayant rapidement l'espace s'ouvrant à elle, Britany discerna les contours d'un ordinateur ainsi qu'une pile de dossiers à moitié renversés sur l'espace de travail, le clavier pendouillant entre la chaise et le sol.

Un peu plus loin, elle vit un affreux vase ovoïdal de terre cuite, peint d'une couleur criarde qui s'accordait à merveille avec les tons jaunes et verts pâles des murs couverts de crépis. Celui-ci contenait encore quelques restes de feuilles desséchées, tandis que la terre crevassée par la sécheresse montrait une couche de champignons poussiéreux.

Elle contourna ensuite un comptoir posé juste à côté, sur lequel se trouvait un vieux téléphone au combiné décroché, devant une série de feuilles couvertes de traces étranges.

« Mais, c'est... c'est du sang! » cria la jeune femme en reculant, manquant de peu de se retrouver sous une bibliothèque qu'elle venait de heurter.

« Du calme, Britany... Sans doute un animal blessé qui est passé ici après... Enfin... lorsque l'endroit était vide! » chercha-t-elle à se rassurer en reprenant son souffle, une main posée sur la poitrine.

« Il faut que je continue. Hors de question de passer une autre nuit dans ce bled paumé ! Où pourrais-je trouver une batterie ? Pas ici en tout cas. Peut-être de ce côté ? Tiens, d'autres coupures de presse... On dirait qu'elles traitent du même sujet que celles trouvées chez le psy. »

Sans attendre, elle ouvrit le dossier d'où dépassaient les coupures et les parcourut avec intérêt.

Une fois de plus, leurs dates de parution étaient rapprochées, toutes se situant à quelques jours près des premières.

Après une bon moment de lecture, Britany se rendit compte que sur le bureau (là où elle avait trouvé le classeur) était posée une enveloppe fermée sur laquelle elle put lire « Pièce annexe – Dossier

48.2.3.9.184 », soit le même numéro que celui indiqué sur le dossier.

À l'intérieur, une cassette audio rebobinée en parfait état.

Fouillant sous l'amoncellement de papiers qui s'éparpillaient sur le bureau, elle trouva un vieux lecteur et fit jouer l'enregistrement, curieuse d'en apprendre davantage.

Un message d'accueil résonna dans toute la pièce. Elle baissa le son, bien trop fort à son goût.

« *Merci d'avoir rejoint le commissariat de police de Westrelöm. Tous nos agents sont occupés pour le moment mais laissez-nous un message et vos coordonnées, nous vous rappellerons dès que possible.* »

Le reste de la bande semblait vide. Mais la curiosité de Britany la poussa à laisser tourner l'enregistrement alors qu'elle poursuivait sa lecture des divers documents entassés en face d'elle.

Quelle ne fut pas sa surprise, quelques minutes plus tard, d'entendre une sorte de grognement à peine audible, suivi d'un bruit sourd et de cris déchirant. La voix d'un homme venait de briser le silence, étouffé sous un craquement d'une violence inouïe.

Britany se figea, horrifiée, avant de s'approcher de l'enregistreur. D'une main hésitante, elle rebobina la bande et la rejoua, encore et encore, essayant de comprendre ce qui avait bien pu se produire.

« Je ne comprends pas... Pourquoi cette personne a-t-elle appelé, sans demander d'aide ensuite. Et puis, qu'est-ce qui grogne comme ça ? Un chien ? Bien sûr que non. Le craquement ne serait pas si... atroce. Je me demande si... »

Elle releva alors brutalement la tête, alertée par un mouvement au-dehors, juste devant la porte grande ouverte.

Apeurée, elle pointa la bougie devant elle et appela d'une voix qu'elle aurait voulu plus convaincante :

« Qui est là ? Montrez-vous. Est-ce vous, euh... le monsieur du restaurant ? Ou alors vous, Mon Père ? Qui que vous soyez, montrez-vous ! Je suis armée et n'hésiterai pas à me défendre au besoin » mentit-elle alors.

Malheureusement, personne ne répondit à son appel, ce qui la plongea davantage dans un état de peur constante qui lui fit perdre une partie de ses moyens. Les larmes lui montèrent aux yeux et son nez se mit à couler malgré elle.

Du revers de la main (et non sans être dégoûtée de son geste) elle s'essuya les narines avant de se diriger vers la porte, prête à riposter.

Glissant latéralement de son emplacement jusqu'à l'entrée de la pièce voisine, elle heurta une boule de câbles entremêlés et se cogna le front contre le bord d'une étagère, échappant un petit cri qu'elle regretta aussitôt.

Elle tendit l'oreille, attentive au moindre bruit capable de lui confirmer une éventuelle autre présence, mais rien ne se passa.

Quelques secondes plus tard, et tandis qu'elle essayait de stabiliser la bougie qui bougeait en tout sens au bout de ses doigts, elle se baissa pour suivre la direction de la tresse de fils, jusqu'à atteindre une grille métallique sur laquelle un panneau rectangulaire annonçait une « chambre électrique ».

Un faible sourire naquit aussitôt à la commissure de ses lèvres.

« Aurais-je enfin un peu de chance ? Si ça tombe, je pourrai remettre en route l'électricité, ce qui me faciliterait bien les choses ! Enfin, je peux toujours rêver. »

Ni une, ni deux, elle s'introduisit dans la petite salle où se déversaient des câbles de couleurs diverses, encombrant la totalité de l'espace au sol d'une sorte de nid de serpents s'entrelaçant avec désordre.

Découragée, elle approcha la bougie de plusieurs racks métalliques aux extrémités arrachées, aux plaques de recouvrement cassées et aux fils coupés de manière violente, le plastique de protection de ceux-ci portant encore les traces d'un acharnement inhabituel pour ce type de matériel.

« C'est quoi ce foutoir ? On dirait que le câblage a été arraché... comme si quelqu'un avait voulu volontairement plonger le village dans l'obscurité et le priver de contact avec le monde extérieur. Mais dans quel but ? Et qui pourrait bien faire une chose pareille ? Je ne pense pas que cela soit un animal qui soit à l'origine d'un tel bazar » se dit-elle avant de se taire, se rendant compte qu'elle agissait comme sa grand-mère en se parlant à voix haute.

« Malheureusement, je crois que je ne saurai rien faire pour arranger ça. Et merde ! Il faut vraiment que je trouve le moyen de partir d'ici. Sans, bien entendu, devoir marcher jusqu'à la prochaine ville qui doit se trouver à au moins quatre-vingt kilomètres d'ici... Et ce prêtre qui me fait perdre du temps en me faisant attendre pour rien. À ce propos, je me demande bien ce qu'il avait. Les gens sont vraiment étranges par ici... »

Tout en poursuivant son monologue, elle fouilla le poste de police, sans trouver la moindre trace de batterie.

Elle revint vers le bureau situé près de l'entrée et sortit, happée par le brouillard glacial qui rendait la visibilité plus que réduite dans le village.

Au loin, elle aperçut néanmoins les contours de la grange où elle décida d'aller passer la nuit, de peur de retourner au motel.

Chemin faisant, elle resserra le col de sa veste autour de son cou et mis les mains dans ses poches, les semelles de ses baskets crissants sur le macadam craquelé de cette partie de la rue.

Arrivée à proximité de la haute porte, elle fut attirée par un reflet sur sa gauche, qui se révéla au final n'être que le début d'un champ de maïs prêt à être moissonné.

« Étrange... Pourquoi une telle quantité alors qu'ils ne sont plus que trois au village ? Peut-être pour revendre, qui sait. En attendant, je ferais bien d'aller me coucher. Une longue route m'attend demain. »

Elle tourna les talons, prête à se faufiler dans la grange qui lui faisait maintenant face, lorsqu'un frottement se fit entendre au loin sur sa droite.

Britany se cacha parmi les pousses de maïs et observa en silence ce qui lui semble être une silhouette humaine traînant à sa suite une masse apparemment très lourde, enfermée dans un sac de jute sombre retenu à son extrémité par une corde robuste.

Lentement, toutes deux entrèrent dans la grange avant que la porte ne se referme en grinçant, laissant à peine fuser la faible lumière d'une bougie que l'on venait d'allumer à l'intérieur.

Sur la pointe des pieds, la jeune femme s'approcha à son tour, retenant de sa main droite le cliquetis du bracelet pendouillant à son poignet gauche, la bribe de son sac maintenue avec fermeté pour éviter de se faire repérer.

Retenant sa respiration au maximum, elle essaya de voir ce qu'il se passait à l'intérieur jusqu'à ce qu'un bruit métallique cinglant ne la fasse crier, trahissant indéniablement sa présence. Des pas retentirent en direction de l'entrée. Elle se rua vers le champ sans tarder pour s'y cacher. La porte s'ouvrit alors avec fracas, inondant la rue d'une vive lumière entrecoupée de lignes sombres, terminées par de longs crochets qui se balançaient lentement, laissant crisser leurs jointures de manière aléatoire.

Britany retint son souffle et s'accroupit, priant le ciel que l'on ne puisse pas retrouver sa trace. Rapidement, elle entendit la végétation bouger non loin d'elle tandis que des grognements rauques accompagnaient des pas de plus en plus pressés et impatients.

Puis, lentement, ils s'éloignèrent, pour finalement disparaître derrière le crissement de la vieille porte de la grange.

Britany soupira longuement, une main posée sur la bouche, les yeux remplis de larmes.

Peu importe ce qui se trouvait ce soir dans le village, son instinct lui dictait que cette chose avait un lien étroit avec les atrocités survenues depuis les deux dernières années.

Le plus dynamiquement possible, elle s'éloigna du champ, le tintement de chaînes se répercutant tout au long de la rue. Le dos parcouru de frissons, Britany revint vers l'église en quête d'un abri pour la nuit, sous le grondement de l'orage et d'une pluie qui s'abattait maintenant sur le macadam avec force.

# Chapitre V

## *Fabrication maison*

Allongée sur un établi poussiéreux couvert d'une base de paille, la propriétaire du motel gisait, son cou marqué d'une imposante ecchymose violacée. À ses côtés, la silhouette affûtait une longue lame qui luisait faiblement, tandis qu'une importante panoplie d’ustensiles se trouvait étalée dans un étui brun de cuir robuste, sur un ballot de paille jeté maladroitement près de la porte de la grange.

Lorsque le travail fut terminé, elle s'approcha de la femme et l'observa un instant, un filet de bave coulant sur son visage à plusieurs reprises.

Avec précaution, elle dirigea ensuite la lame vers le cou meurtri et en enfonça l'extrémité sous la peau, provoquant un jet de sang immédiatement recueilli dans un bocal à confiture.

Quelques mots fusèrent, à peine perceptible et dans un langage presque incompréhensible.

La lame glissa le long du corps, détachant chaque parcelle de peau avec soin avant d'être découpée, de même que les membres qui furent brisés un à un et suspendus à d'imposants crochets à viande au fond de la grange, laissant ainsi s'écouler le précieux nectar que la silhouette récoltait dans de longues bassines de porcelaine avant de les embouteiller et de les identifier par une série de chiffres bien précis, en lien direct avec la victime.

Assis devant l'établi, à côté de la tête de la vieille femme, le bourreau acheva de noter, à l'aide d'un gros marqueur indélébile noir, la dernière cuvée, récitant à haute voix les indications qu'il prenait grand soin d'inscrire en lettres larges et aérées.

« 491 pour son numéro de résidence, 26 pour le jour, 11 pour le mois et enfin 14 pour l'année. Voilà de quoi tenir encore quelques temps ! »

Il se leva ensuite, fier de lui et s'étira, fatigué d'avoir traîné le corps jusque là. Il se tourna ensuite vers l'établi et fixa la tête (seule chose qu'il ne voulait pas récupérer de ses victimes) et s'exclama d'une voix triomphante :

« C'est que tu pèses lourd malgré ta petite taille ! Enfin, le plus dur est fait. Il ne reste plus qu'à te laisser détremper un peu et je pourrai te ranger avec les autres. »

Il se dirigea vers le fond de la grange et ouvrit un baril muni d'un couvercle de bois, dans lequel se trouvait une quantité impressionnante de gros sel mais également de morceaux de chairs séchées, entourant parfois avec disgrâce des os brisés.

Il y plongea la main jusqu'au poignet, sourire aux lèvres, et sous-pesa la texture ferme qu'il laissa ensuite couler entre ses doigts gantés de noir.

# Chapitre VI

## *In nomine patris*

Les mains enserrant ses bras avec force, les cheveux ruisselant de pluie, Britany remonta la rue d'un pas soutenu, jetant régulièrement un œil derrière elle, priant le ciel d'arriver à temps à l'église pour y trouver le réconfort d'un lieu de paix.

Sans relâche, elle se remémora les derniers événements de la soirée en une succession d'images et de sons qui lui donnèrent la chair de poule.

« T'aurais pas dû accepter ce contrat, Brit ! Ta mère t'avait pourtant prévenue que ce n'était pas bon de partir si loin de chez soi sans s'être renseignée au préalable. Mais non... Il a fallu que tu acceptes, juste pour en mettre plein la vue à ce crétin de Berkley et pour essayer de te refaire une place dans le monde des grands. Espèce d'idiote ! Si ton ego n'avait pas été si imposant, tu serais chez toi en ce moment, à siroter un bon cocktail devant une bonne vieille série télé... » fulmina-t-elle intérieurement en montant sur le trottoir pour tenter de s'abriter quelque peu du vent qui soufflait de plus en plus fort.

Sur sa gauche, elle entendit quelques craquements provoqués par l'air se faufilant parmi les planches de bois posées aux fenêtres, mais également par certaines portes mal verrouillées ou défoncées qui, en s'ouvrant et se fermant légèrement, faisaient grincer leurs charnières rouillées sur son passage.

Britany se frotta les bras pour se réchauffer, mais également pour faire taire la peur qui la gagnait au fur et à mesure que ses pas se répercutaient sur les façades avant de lui revenir d'une telle manière que l'on aurait pu croire qu'elle était suivie. Elle passa une première ruelle, puis une seconde, avant de s'arrêter, surprise. Elle recula de quelques mètres et aperçut, en retrait par rapport à la route, une petite boutique qui semblait avoir été épargnée par la tragédie du village.

« Mais qu'est-ce que... Une bibliothèque ? Pourquoi ce bâtiment a-t-il été épargné alors que tout le reste semble tout droit sorti d'un film d'horreur ? » s'interrogea-t-elle en s'approcha avec méfiance de la devanture décorée de bacs de fleurs au parfum délicat et aux couleurs vives. Sur la porte à croisillons, Britany vit une pancarte sur laquelle quelqu'un avait écrit « reviens bientôt » au marqueur noir, tandis qu'un autocollant délavé et collé dans le coin inférieur droit représentait un livre surmonté d'une plume bleue.

À l'intérieur, elle découvrit un mobilier simple constitué principalement d'une table soutenant une caisse enregistreuse en acier brossé, complétée d'un classeur reprenant une pile de feuilles de codes classées par couleurs, séparées d’intercalaires transparents étiquetés de lettres alphabétiques écrites à la main. Il y avait également une sorte de coin lecture pourvu de deux larges divans de velours gris, une table basse où s'entassaient quelques magazines anciens, ainsi qu'une petite bibliothèque ornée de quelques livres pour enfants.

Sur la gauche de la pièce, Britany vit une porte barrée d'un rideau vert menant à une seconde salle, bien plus vaste que la précédente, dans laquelle elle vit une trentaine d'étagères de bois peint sur lesquelles s'étalaient des livres de toute taille et de toute épaisseur, placés dans un ordre parfaitement soigné et réfléchi.

« De plus en plus étrange. Qu'est-ce qui expliquerait que... »

Déambulant dans la salle, la jeune femme s'approcha d'un étroit présentoir vitré dans lequel se trouvait un ouvrage à la couverture brune, imprégné d'une fine bordure dorée et dont le titre lui évoqua vaguement quelque chose avant de lui revenir en mémoire tel un coup de poing en pleine figure.

« In nomine patris... Mais bien sûr! C'est le fameux livre mentionné dans les notes. Mais pourquoi est-il mis en évidence ? Ou à l'abri... c'est selon le point de vue. »

Tout en contemplant le travail effectué sur la couverture, elle ouvrit la vitrine avant de feuilleter les pages ternies et craquantes de ce livre apparemment si précieux. Elle y découvrit avec grand intérêt une multitude de schémas et de croquis réalisés par divers chercheurs et prêtres, représentant une entité démoniaque qui ressemblait étrangement à un loup muni de longues canines.

« On dirait un croisement entre un loup-garou et un vampire... *D'après les légendes qui ont pu être notifiées dans les anciens ouvrages, cette créature serait le fruit de plusieurs malédictions... Verrait le jour... acte de vénération... doit absorber du sang... Nombreux sont ceux qui pensent que cette bête trouverait son essence grâce à...* Mon Dieu... Il faut absolument que je demande plus de précisions à ce sujet au prêtre. Il a sûrement entendu parler de ça quelque part !»

Britany se figea, blême. Sans attendre, elle referma le livre et le glissa dans son sac, avant de sortir de la bibliothèque, bien décidée à avoir l'avis du prêtre quant à ce qu'elle venait de découvrir.

Car, après tout, il vivait au village et devait immanquablement avoir entendu parler de ce qu'il s'était passé deux ans plus tôt.

# Chapitre VII

## *Un petit en-cas*

Le regard bas et le corps envahi d'une nouvelle énergie, le Père Thomas achevait de raccrocher le crucifix, maîtrisant tant bien que mal son équilibre sur l'échelle branlante qui le hissait bien au-dessus du sol.

— Mon Père ? l'appela timidement Bitany, le livre maintenant serré contre sa poitrine tandis qu'elle pénétrait dans le cercle de lumière offert par les bougies posées sur l'autel.

— Ma fille, sourit le prêtre avant de se tourner vers elle. Que me vaut l'honneur de cette visite... si tardive ?

— Mon Père, j'aurais besoin de vous demander quelque chose. Deux choses, en réalité.

— Je vous écoute, ajouta-t-il en descendant de l'échelle avec prudence.

— Et bien voilà. J'ai trouvé, dans une bibliothèque près d'ici, un livre bien étrange dont j'avais vu mention précédemment dans un rapport... et je me demandais si...

Tout en parlant, Britany avait avancé l'ouvrage vers le prêtre dont le visage changea à sa simple vision. Apeurée, elle le ramena à elle pour le glisser doucement sous son bras, détournant par la même occasion le regard de son interlocuteur, qui semblait serrer les dents.

— Poursuivez, je vous en prie.

— Il est question de découvertes à la fois archéologiques et théologiques, basées sur des croyances qui remontent à bien longtemps avant la naissance du Christ.

— De quoi s'agit-il exactement ? feignit-il en faisant les cents pas devant Britany, les yeux toujours rivés sur le livre qu'elle tentait de dissimuler de plus en plus.

— Une hypothèse selon laquelle, au nom du Père tout puissant, une coupe aurait été consacrée en l'honneur de...

— Il n'existe qu'une seule coupe ! trancha le prêtre, quelque peu agacé. Elle fut le réceptacle du sang du Christ lors du dernier repas.

— Je suis au courant de cela mais il semble exister une théorie qui, par une série de faits, parviendrait à prouver qu'une coupe en tout point similaire à la première au niveau de la forme, mais réalisée à partir de sang et de terre, aurait été consacrée en l'honneur de Satan.

— Il ne s'agit là que de chimères, ma fille. L'esprit du Malin est fourbe et...

— Je ne crois pas qu'il s'agisse d'une invention de bureaucrate, mon Père. Ce livre explique comment, lors de fouilles...

— Un ramassis de mensonges ! s'emporta-t-il.

— Les scientifiques dont il est question dans cet ouvrage sont venus ici il y a de nombreuses années, suivis de leurs confrères il y a deux ans, avant que cette quête de vérité ne tombe dans l'oubli suite à la mystérieuse disparition de l'équipe qui devait transférer leur découverte pour analyse. Mais, mon Père, qu'ont-ils découvert au juste ? Étiez-vous déjà ici lors de la première mission archéologique ?

— Ils se sont approprié nos terres, sans juger utile de se renseigner au préalable pour s'assurer que leurs investigations ne portaient pas préjudice aux habitants de ce village.

— Mais qu'ont-ils trouvé ?

— Je ne sais pas, mentit le prêtre avant de se tourner vers l'autel pour s'y appuyer.

— Mon Père ? Je cherche juste à connaître la vérité, ajouta Britany avec douceur en posant la main sur l'épaule de l'homme qui accueillit ce geste avec gêne.

— Nous la cherchons tous, ma fille. Mais certaines choses ne sont pas bonnes à entendre. Et je pense sincèrement que vous outre-passez vos droits à ce propos.

— Mais...

— Le fait que vous soyez journaliste ne vous donne pas le droit de fouiner dans le passé de ce village. Cela ne vous regarde en rien. Laissez nos morts en paix.

— Morts ? Mais vous disiez que la plupart avaient quitté la ville...

— Puis-je faire autre chose pour vous être utile ? coupa-t-il alors sans attendre, clôturant avec froideur une discussion qui ne faisait qu'attiser la curiosité de Britany.

— Je voulais... Peu importe. Je ne devrais plus tarder à reprendre la route.

— Vous avez trouvé une solution pour votre véhicule ? s'étonna le prêtre.

— Non. Mais je ne trouverai rien ici qui puisse m'aider. Je dirigerai donc mes recherches un peu plus loin. Je pense d'ailleurs repartir dès demain matin.

— Il y a une longue route jusqu'au prochain village. Sans compter qu'il n'est pas certain que vous trouverez un garagiste.

— Je dois tenter ma chance. Et puis, on m'attend ailleurs.

— Votre famille ?

— Pas vraiment. J'ai une interview à réaliser.

— Oh, je vois. Je vous souhaite bon voyage, si telle est votre volonté.

— Je vous remercie. Je vais de ce pas chercher un endroit où passer la nuit. Je suppose que vous n'avez pas de chambre ici pour moi, essaya Britany.

— Vous ne logez plus au motel ?

— En fait, je ne m'y sens pas très en sécurité. Et j'ai entendu de drôles de choses la nuit dernière...

— De drôles de choses ?

— Des cris et des pas... et comme j'ai terriblement peur du noir... Enfin, vous comprenez... Sans électricité... Bref. Cela a été une nuit assez rude en ce qui me concerne. Je n'ai plus trop envie d'y retourner.

— Je comprends. Mais qu'allez-vous faire alors ?

— Je pensais retourner au restaurant, histoire de voir si le propriétaire n'a pas un petit coin pour moi. Si pas, j'ai vu quelques divans propres à la bibliothèque. Cela pourrait faire l'affaire au besoin.

— Je ne sais pas si ce brave homme sera encore en état de vous servir.

— Pourquoi cela ?

— Disons qu'il est un peu ailleurs depuis quelques heures...

— C'est-à-dire ?

— Je ne sais pas. On dirait qu'il est ailleurs... Enfin, je peux me tromper.

Soucieuse, Britany acquiesça, prête à partir, lorsqu'elle aperçut une assiette posée sur l'autel, juste à côté du prêtre. Affamée, elle tenta de définir ce qui s'y trouvait, sans succès. Le prêtre plongea aussitôt son regard dans le sien, sourire au coin des lèvres.

— Avez-vous un souci, ma fille ?

— Oh, eh bien... Qu'est-ce que c'est ?

— Juste quelques morceaux de viande séchée pour tout à l'heure. En voulez-vous ?

— Je... je ne voudrais pas vous priver de... Mais oui, je veux bien, finit-elle par dire, gênée.

— Je vous en prie, faites-vous plaisir, indiqua Thomas en montrant l'assiette, amusé du comique de la situation.

Sans même connaître l'origine de la viande en question, la jeune femme s'empara d'un morceau carré et assez épais, avant de le fourrer dans sa bouche, ravie de pouvoir enfin manger quelque chose. Elle haussa les sourcils, ravie.

— C'est vraiment bon. Ce petit goût salé est vraiment agréable.

— Nous n'avons pas d'autre choix que de conserver notre viande dans des barils remplis de sel... À l'ancienne donc.

— Cela donne un petit goût qui change un peu.

— Vous aimez ?

— Beaucoup, oui.

— Alors, je vous en prie, resservez-vous ! ajouta le prêtre amusé en avançant un peu plus l'assiette vers la jeune femme qui se resservit, gourmande.

Lorsque, finalement, il ne lui fut plus possible d'avaler quoique ce soit, Britany remercia et prit congé du prêtre, une main posée sur le ventre, repue.

Thomas (qui venait à son tour de prendre un morceau de viande) sourit avant de s'en retourner à ses occupations d'un pas assuré et délicat.

# Chapitre VIII

## *Sur les pas du prédateur*

Britany traversa la placette principale du village en direction du restaurant où elle avait pu se restaurer quelques temps plus tôt.

La pluie s'était encore intensifiée, tant et si bien qu'elle éprouva beaucoup de difficultés à se diriger. Ses cheveux plaqués lui donnaient l'impression de porter un casque de moto, tandis que son jeans suait sous l'accumulation de l'eau.

Frigorifiée, elle chercha longuement la devanture semblable à beaucoup d'autres, avec ses vitres barricadées et son absence totale de lumière.

Finalement, elle discerna l'entrée du restaurant et se précipita pour l'ouvrir, rassurée à l'idée de pouvoir se mettre au chaud.

« Excusez-moi ? Il... il y a quelqu'un ? », frappa-t-elle de son poing fermé en sentant la porte lui résister.

Inquiète de l'obscurité omniprésente dans l'établissement, la jeune femme fit grincer la porte et réitéra ses appels, s'approchant lentement du présentoir.

D'une main hésitante, elle tâtonna la surface métallique froide du comptoir qui vibra à son contact, à la recherche d'une source de lumière.

Le cœur battant, elle posa les mains sur l'objet rencontré pour en déterminer la nature.

« On dirait... une lampe à huile... ou à pétrole. Oui, c'est bien ça ! » ajouta-t-elle en sentant le bout graisseux de ses doigts.

Elle fouilla aussitôt le fond de la poche avant de son sac à main pour en sortir le briquet ramassé dans le cendrier de sa voiture.

« Je suis contente de t'avoir amené avec moi ! Au final, fumer aura au moins eu un effet bénéfique. C'est même probablement le seul. »

Elle se tourna d'un pas vers la lampe mais son pied glissa sur la droite, déstabilisé par une substance gluante répartie en grosse quantité sur le sol.

Britany étouffa un cri de la paume avant d'avancer d'une main tremblante le briquet devant elle pour allumer la lampe. Elle se saisit du globe, approcha l'autre main de la base et actionna le briquet. Une vive flamme orangée jaillit pour alimenter la mèche qui diffusa rapidement sa douce lueur dans la totalité de la pièce.

Rassurée, la jeune femme remit le globe en place et posa la lampe un peu plus loin sur sa gauche. D'un regard, elle chercha le restaurateur avant de baisser les yeux, désireuse de savoir ce qui avait manqué de la faire tomber.

C'est alors qu'elle hurla, horrifiée. À ses pieds (mais également sur une partie de ses baskets) se répandait maintenant une partie des viscères du pauvre homme, se déversant de son corps à hauteur du ventre, longeant le tronc jusqu'à la taille pour se répandre en une sorte de coussin à l'endroit où auraient dû se trouver ses jambes. Sur le torse, une large ouverture avait été pratiquée, remontant le long de sa gorge jusqu'à la base de la bouche qui, ouverte, avait été dégagée de sa peau, laissant apparaître la mâchoire cassée à deux endroits. Le nez, quant à lui, semblait avoir été mangé (à en croire les marques laissées sur le peu de chair encore présente), de même que les globes oculaires qui ne laissaient de leur présence que les deux nerfs optiques pendouillant de part et d'autre du crâne défoncé a son sommet.

« C'est quoi ce bordel ? » jura Britany en se hissant d'un bond sur le comptoir, sortant ainsi les pieds des entrailles du restaurateur.

« Il faut que je parte d'ici tout de suite ! »

Instinctivement, elle voulut se précipiter vers la porte et foncer tête baissée le plus loin possible de cet enfer, mais la raison lui rappela qu'elle n'aurait probablement pas d'autres opportunités de manger avant bien longtemps.

Rassemblant tout ce qu'il lui restait de courage, le cœur menaçant de bondir hors de sa poitrine à tout moment, elle se pencha vers le présentoir derrière elle et fourra les sachets, boîtes de biscuits, fruits et autres emballages jusqu'à ce que le tissu plein à craquer de son sac ne menace de céder.

Nauséeuse (à cause du cadavre en putréfaction sous ses pieds), la journaliste s'éloigna ensuite à grandes enjambées avant de s'accroupir, alertée par le grincement léger de la charnière de la porte d'entrée.

Aussi délicatement qu'elle le put, elle se glissa sous les étagères du comptoir, se protégeant ainsi de la lumière offerte par la lampe. Son sac fermement serré contre elle, Britany patienta, l'oreille attentive au mouvement souple qui faisait des allées et venues de l'autre côté du présentoir, rythmé par une respiration lente et bruyante.

Elle posa la main sur son nez pour dissimuler tant que possible le bruit de son propre souffle, tandis que le mouvement se déplaçait vers l'arrière, se rapprochant dangereusement d'elle. Le corps frissonnant d'une peur qui se voulait de plus en plus difficile à gérer, la jeune femme tourna le regard vers le sol à ses côtés et découvrit avec horreur deux énormes pattes qui agrippaient le plancher à l'aide de longues griffes sombres.

Écrasant les viscères sans le moindre mal, elle se rendit compte que la créature était très imposante, son pelage sombre donnant l'impression d'être enflammé à la simple réflexion de la lumière.

Au bout de quelques secondes d'un silence devenu insoutenable, elle vit poindre un long museau pourvu de deux longues canines ensanglantées qui s'approcha jusqu'à toucher le tissu de son pantalon, avant de reculer tout doucement et de disparaître totalement.

La jeune femme l'entendit ensuite s'éloigner jusqu'à la porte qu'elle fit doucement claquer derrière elle.

Complètement terrorisée, Britany patienta longuement pour s'assurer d'être hors de danger puis, prenant toutes ses précautions, elle sortit de sa cachette pour jeter un œil dans le restaurant.

Plus rien ne bougeait à l'exception de la pluie qu'elle pouvait deviner entre les planches de bois condamnant les fenêtres.

Maîtrisant difficilement ses membres qui s'entrechoquaient à cause de la peur, elle se redressa et éteignit la lampe.

« Au moins, comme ça, cette chose ne pourra pas me voir ! Bordel, c'était quoi au juste ? Il faut que je me sauve d'ici ! Mais pour aller où ? Si seulement je pouvais me situer... Je vais retourner dans cette bibliothèque. Il y en aura sûrement une. »

Britany rejoignit le plus discrètement la porte, à tâtons.

Prenant une grande inspiration, elle tourna la poignée et observa les alentours avec angoisse.

L'obscurité, le brouillard et la pluie étaient omniprésents, l'empêchant de voir quoique ce soit à plus de cinq mètres. Elle s'adossa à la façade extérieure, son sac fermement serré entre ses bras croisés sur sa poitrine.

« Réfléchis, Brit. De quel côté est-ce qu'elle se trouvait ? Tu dois être vigilante et te préparer à courir à tout moment. Mais pour aller où ? Si cette chose te prend en chasse, où iras-tu te cacher ? » songe-t-elle en grelottant, ses vêtements trempés se collant à ses membres avec force sous chaque assaut du vent.

« De toute façon, tu ne peux pas rester là. Il faut agir... Bon, la bibliothèque était dans un renfoncement entre le champ et... »

Elle tourna la tête à gauche.

« et l'église. »

Elle tourna la tête à droite.

« Sur le trottoir en face de celui-ci. Il me suffit donc de traverser et de suivre cette direction jusqu'à la ruelle. En espérant arriver jusque là entière. »

D'un pas lent et peu convaincue que ce qu'elle était en train de faire n'allait pas lui coûter la vie, Britany traversa la rue, tournant la tête sans relâche d'un côté et de l'autre, dans l'espoir de ne pas apercevoir la créature avant d'être arrivée seine et sauve à la bibliothèque.

Elle longea les façades avec angoisse, sa gorge se nouant davantage à chacun de ses pas, jusqu'à ce qu'un bruit sourd ne la fasse sursauter. Elle lâcha alors un cri strident et se mit à courir aussi vite que possible et ne fut soulagée que lorsqu'elle vit la ruelle se dessiner à quelques mètres. Elle s'y engouffra avec empressement, le bruit de ses pas se répercutant avec une telle ampleur contre les murs qu'elle aurait juré qu'on la suivait.

La bibliothèque lui apparut alors, plus étroite et inquiétante que dans ses souvenirs. Elle y pénétra sans attendre et verrouilla la porte dont elle s'éloigna promptement, tâchant au mieux de calmer sa respiration haletante et saccadée par l'effort fourni pour arriver là.

De nouveau plongée dans le noir, elle se tut et écouta, priant le ciel de ne pas s'être jetée dans la gueule du loup. Mais rien... L'endroit était étrangement calme.

À reculons, elle se rendit dans la pièce annexe, où elle retrouva les étagères remplies de livres, sans néanmoins pouvoir discerner lequel d'entre eux pourrait l'aider à quitter le village.

« Il fait trop sombre mais je ne me risquerai pas à faire de la lumière maintenant. Il faut que j'attende le lever du jour. C'est le mieux que je puisse faire si je veux rester en vie. »

Elle longea le mur du fond et se recroquevilla derrière un petit bureau renversé, prenant bien soin de ne pas se placer dans la faible zone de lumière offerte par la nuit.

Britany patienta ainsi durant de longues heures, les membres crispés par la peur, avant de s'endormir, exténuée.

Au petit matin, elle ouvrit les yeux, la tête calée contre une encyclopédie et les pieds gelés.

« Ma tête... Une chance que ce monstre n'est pas venu ici. Il n'y a que moi pour m'endormir alors que ma vie est en jeu ! Je me demande bien l'heure qu'il peut être... » s'interrogea-t-elle en observant au-travers des étagères inondées de rais de soleil.

Se levant doucement pour ne pas attirer l'attention, elle se dirigea vers la première bibliothèque fermement accrochée au mur et sur laquelle se trouvaient divers livres de géographie, de cartes et de rouleaux aux couleurs vives qui se superposaient avec ordre.

Du bout du doigt, elle parcourut les étiquettes les classifiant, allant parfois même jusqu'à se contorsionner pour les apercevoir.

Au bout d'une bonne minute de recherche, elle arrêta son choix sur un petit fascicule à la couverture orangée.

« *Patrimoine régional... Westrelöm et envions...* Voilà ce qu'il me faut »

Elle jeta un œil par la fenêtre, inquiète de voir revenir le monstre de la veille, lorsqu'elle aperçut, de l'autre côté de la rue, le prêtre qui sortait du motel, poussant devant lui une civière sur laquelle un long drap blanc était tiré.

Sans perdre un instant, Britany plia le fascicule et le glissa dans sa poche, avant de sortir d'un pas rapide. Elle remonta la ruelle et rejoignit le Père Thomas, qui tourna vers elle un regard sombre, remplit d'une profonde tristesse.

— Vous ici ? Je vous pensais déjà repartie ?

— J'ai eu un contre-temps, en réalité. Mais, mon Père... Que faites-vous ?

— La pauvre Lucie nous a quittés. Je me charge donc de lui apporter des derniers sacrements. Vous comprenez... pour la paix de son âme. Elle venait régulièrement en prière. Je pense donc qu'elle l'aurait voulu ainsi.

— Que dites-vous ? s'étonna Britany en posant une main sur son cœur.

— Je l'ai trouvée ce matin tandis que je venais prendre un café, comme à mon habitude. Je suis entré et, comme il n'y avait personne, j'ai décidé d'aller voir chez elle si tout allait bien. C'est là que je l'ai trouvée...

— Chez elle ? Elle vivait au motel ?

— Oui, au second étage, répliqua tristement le prêtre.

Britany se figea, comprenant subitement que les cris qu'elle avait entendus lors de sa dernière nuit au motel étaient en fait l'appel à l'aide de la vieille dame en train de mourir.

Elle posa le regard sur le drap blanc et sentit sa tête lui tourner lorsqu'elle vit les tâches de sang maculant celui-ci en une multitude d'endroits, principalement du côté gauche du corps.

— Que lui est-il arrivé ?

— Je ne sais pas, hésita longuement le prêtre qui se signait.

— La forme de son corps est étrange, évalua Britany en constatant que la silhouette générale de la vieille femme semblait raccourcie, comme s'il lui manquait des morceaux.

— Elle n'était plus tout à fait... entière lorsque je l'ai trouvée. Si je peux m'exprimer ainsi. Elle a dû beaucoup souffrir, si vous voulez mon avis.

La curiosité rongeait la journaliste qui mourait d'envie de savoir ce qui avait pu provoquer le décès d'Olivia. Trépignant telle une enfant qui attend pour ouvrir ses cadeaux le jour de Noël, Britany tentait de s'approcher de la dépouille, dans l'espoir de découvrir le moindre indice capable de l'éclairer.

Puis, subitement, elle tenta une approche qui (du moins l'espérait-elle) allait faire réagir le prêtre.

— Que savez-vous à propos de cette bête qui rôde la nuit ?

— Une bête ? Quelle bête ?

— Une sorte de loup à dents longues.

— Un loup à... Je ne vois pas de quoi vous voulez parler, ma fille.

— Je l'ai pourtant bel et bien vu cette nuit... près du cadavre de...

— Vous dites ? Y a-t-il eu un autre mort ?

Le visage du prêtre devint terriblement grave, tandis que le chagrin l'envahissait. Il baissa les yeux, cherchant à dissimuler son trouble.

Habituée à ce que les gens cherchent à lui cacher la vérité, Britany posa la main sur son bras.

— Mon Père, ça ne va pas ?

— Si. Tout va bien. Ne vous inquiétez pas pour moi, ma fille. Je suis juste un peu... retourné par cette macabre découverte.

— Je peux comprendre. Après tout, qui ne le serait pas ?

— Vous disiez que vous aviez trouvé... un autre corps ? poursuivit Thomas en craignant la réponse.

— Oui, hésita Britany en acquiesçant. Le restaurateur. Il a été... comment dire... comme dévoré.

Le prêtre ne put retenir une larme qui longea sa joue avant de venir mourir dans sa courte barbe.

La jeune femme plongea alors son regard dans le sien, essayant de découvrir le lourd secret qu'il tentait vainement de lui cacher.

— Il était un très bon ami. C'est grâce à lui que nous arrivions à survivre ici.

— C'est-à-dire ?

— Il était le seul ici à avoir une voiture. Il faisait chaque semaine de longues heures de route pour ravitailler tout le monde en vivres.

— Une voiture ? s'intéressa soudain Britany.

— Elle ne fonctionne plus, hélas. Je sais à quel point vous souhaitez quitter ce village, ma fille. Je lui aurais demandé de vous conduire à la ville voisine si cela avait été envisageable. Mais cette voiture ne vous serait d'aucune utilité, malheureusement. Pauvres de nous. Tous sont partis. Il ne reste à Westrelöm que vous et moi.

— Alors partons ! Car après tout vous n'avez plus rien à faire ici ! Fuyez cette chose qui rôde la nuit et qui, j'en suis persuadée, n'est pas étrangère aux atrocités qui se sont déroulées ici.

— Je ne peux partir. Mes paroissiens ont besoin de moi.

— Vos paroissiens ? Je vous en prie, mon Père, ouvrez les yeux ! Il ne reste plus personne ici si ce n'est vous... et moi.

— Je le sais fort bien. Mais je ne peux me résigner à abandonner ce village.

— Ne craignez-vous pas ce monstre qui rôde ?

— Bien plus que vous ne pourrez jamais l'imaginer mais si le Seigneur a choisi de me faire mourir ici, je respecterai ce choix.

— Vous perdez la raison ! Malheureusement, je ne peux vous contraindre à me suivre. Votre destin vous appartient. Même si je trouve dommage de sacrifier votre vie de la sorte.

Britany, frustrée de ne pouvoir l'aider, baissa les yeux et soupira longuement, la main sur la nuque en guise en résignation forcée.

Thomas ravala un sanglot et se frotta le visage pour dissimuler sa souffrance.

Durant un moment, ils gardèrent tous deux le silence, que seule la brise légère vint perturber de son sifflement.

— Si vous voulez bien m'excuser, ma fille, je vais aller prendre un peu de repos. Les derniers événements ont été rudes. J'ai besoin de me poser un peu.

— Souhaitez-vous que je veille sur votre sommeil ? On ne sait jamais. Cette bête pourrait revenir.

— Comme je vous l'ai dit, je n'ai pas peur de mourir. Je sais qu'il en serait de la volonté du Seigneur. Toutefois, si vous vous sentez plus à l'aise ici, sachez que vous êtes la bienvenue.

— Je vous remercie.

Britany salua le prêtre et l'aida à ramener la civière jusqu'à la chapelle construite à l'arrière de l'abside, à laquelle on accédait via un petit couloir bas au bout duquel se trouvait une vieille porte défraîchie. Chemin faisant, la jeune femme tenta une nouvelle fois d'obtenir quelques réponses à ses interrogations.

— Depuis combien de temps êtes-vous prêtre ? Si toutefois je peux me permettre.

— Trente-huit ans. J'ai commencé sous la direction de Monseigneur Warjoy, à l'église de Querstnoy, bien plus à l'ouest d'ici.

— Et qu'est-ce qui vous a amené à Westrelöm? On ne peut pas dire qu'il y a grand monde alentour, ni grand chose à faire...

— C'est vrai. Le premier village est à plus de cent kilomètres d'ici. Mais c'est une région qui jadis offrait beaucoup de spécificités. On dit qu'il y a des millions d'années, une météorite a frappé le sol de ce village, rendant toute culture impossible sur des kilomètres à la ronde.

— Pourtant, j'ai aperçu un champ de...

— Artificiel, coupa le prêtre. Nous avons fait venir de la terre et l'avons placée dans un gigantesque bac creusé sur plusieurs mètres de profondeur.

— Futé !

— Cela évite surtout de devoir faire trop souvent le trajet pour s'approvisionner. Nous avions également une zone de pisciculture à la sortie du village, ainsi que quelques bêtes, ce qui nous fournissait suffisamment de vivres pour nourrir tout le monde. Mais ça, c'était bien avant que...

Le visage du prêtre s'assombrit soudain, tandis qu'il baissait de nouveau les yeux, la gorge nouée.

Britany tenta de le faire parler davantage mais plus aucun mot ne sortit de sa bouche jusqu'à ce qu'ils soient arrivés. Thomas lui intima d'attendre pendant qu'il entrait la civière dans la chapelle. Tous deux rejoignirent ensuite la nef centrale où le prêtre se tourna vers la jeune femme, lui offrant un sourire forcé.

« Je vous remercie pour votre aide. La cuisine est de ce côté, au bout du couloir, et une salle de bain est disponible juste en face, si vous souhaitez vous rafraîchir un peu. Je vais me reposer à présent. »

Il salua la jeune femme et partit d'un pas rapide vers sa cellule.

De nouveau seule dans l'immensité de la nef, la jeune femme observa longuement (et avec une certaine admiration) les sculptures, peintures et autres décorations offertes par cette architecture parfaitement conservée, datant d'une époque où la religion avait atteint son apogée.

« Il n'y a pas à dire, ils avaient du talent. Quand je pense à ce que l'on fait parfois de nos jours... Ces gars-là se retournent sûrement dans leur tombe ! Tiens, en parlant de mort... »

Britany tendit l'oreille et, en l'absence de tout bruit en provenance de la cellule du prêtre, se dirigea vers la chapelle pour observer de plus près le corps de la vieille femme. La porte était verrouillée, une grosse serrure flambant-neuve l'empêchant d'entrer.

« Une chance que mon frère était un vrai brigand » sourit-elle en sortant sa carte de crédit de son portefeuille de simili fourrure rose recouvert de strass, pour la glisser dans l'interstice de la porte qui céda aisément.

À l'intérieur, elle retrouva la civière, à peine éclairée par la lumière produite par les bougies du couloir, mais également une multitude de petites portes métalliques superposées trois par trois tout autour de la chapelle.

« Étrange. Je pensais pourtant avoir vu des fenêtres de l'extérieur. À moins qu'elles ne soient elles aussi barricadées, ce qui ne serait pas si étonnant finalement. Enfin, soit ! Voyons un peu ce que ce prêtre tient tant à me cacher. »

Quelque peu dérangée par l'odeur nauséabonde qui régnait dans la pièce, elle fit quelques pas, le bras gauche posé devant son nez, une bougie ramassée à l'entrée dans la main droite. Elle longea la civière et lui fit face, regardant avec grande attention les tâches de sang qu'elle avait déjà pu voir à l'extérieur.

Au bout de quelques secondes, elle fronça les sourcils, intriguée. Elle en était intimement persuadée. Quelque chose n'allait pas.

« Comment cela se peut-il que ce sang soit déjà si... vieux ? Si le prêtre l'a trouvée ce matin, il ne pourrait pas avoir cet aspect... à moins que cela ne soit pas le sien. Ce prêtre a une drôle de façon de traiter ses morts. »

Curieuse, Britany saisit le bout du tissu qui pendait devant elle et le releva doucement. Avant de découvrir le cadavre, elle respira profondément, se préparant à affronter la pire vision qu'elle ait jamais eue de toute sa vie.

« Allez, Brit, ne fais pas ta peureuse ! Cette affaire pourrait te propulser de nouveau dans les hautes sphères. Il te suffit juste de mener ton enquête à bien et... à ne pas te faire chopper par cette bête avant d'avoir quitté ce village. »

Elle inspira de nouveau et leva d'un geste le drap, avant de se pencher sur le côté, prise d'une forte envie de vomir.

Devant elle, les morceaux du corps de la vieille femme semblaient avoir été vidés de leur substance, sa peau grisâtre et ses membres arrachés à leur emplacement initial. La mâchoire, disloquée, pendouillait à hauteur du cou, tandis que les bras et les jambes étaient posés de part et d'autre de son tronc ouvert latéralement.

Blanche comme neige, Britany se releva doucement, son regard horrifié se posant à nouveau sur ce qui fut le visage d'Olivia.

« Bordel de merde ! Quel monstre peut être à l'origine d'une telle boucherie ? C'est encore pire que ce que j'avais imaginé. Courage, Brit... Juste un petit indice et tu te tires d'ici. »

À contrecœur, elle fit le tour du cadavre, cherchant parmi les restes la plus petite chose qui lui permettrait de rédiger l'article du siècle.

Utilisant un petit stylo bille qu'elle avait dans son sac en guise d'outil de fouille, elle déplaça les chairs jusqu'à s'arrêter sur le cou de la victime, juste sous la mâchoire.

*« Tiens, tiens, tiens... Qu'est-ce que c'est que ça ? » constata-t-elle en approchant davantage la bougie de*

*ce qui se révéla être une imposante ecchymose violacée percée de deux trous assez profonds.*

*« Cela ressemble à des morsures. Mais pourquoi ce sang tout autour ? On dirait qu'il a été aspiré... »*

Après mure réflexion, elle se mit à rire, repoussant une mèche rebelle à l'arrière de son oreille.

*« Il est temps que tu prennes des vacances, Brit. L'idée même que tu puisses imaginer qu'il s'agisse là d'un phénomène surnaturel est totalement absurde venant de toi. Et puis quoi encore ? Des vampires ? Mais bien sûr... Tu regardes trop la télé ma pauvre fille. C'est sûrement pour ça que tu es encore célibataire. »*

Elle délaissa le cadavre et fit quelques pas dans la chapelle pour se sortir cette idée saugrenue de la tête, mains posées sur les hanches.

Sans vraiment y prêter attention, elle longea les petites portes métalliques qu'elle avait vues en arrivant et commença à lire les étiquettes apposées sur chacune d'elles. Écœurée par l'odeur qui devenait de plus en plus insupportable, elle décida de sortir prendre l'air.

Dans la rue, elle retrouva la grisaille des façades abandonnées et le silence absolu, à l'exception du craquement des planches de bois couvrant les fenêtres qui se déformaient après avoir été inondées de pluie.

Britany se dirigea vers la bibliothèque qu'elle savait être un endroit propre et probablement plus sécuritaire que le reste du village, à en juger par l'état impeccable du bâtiment. Une fois entrée, elle bloqua la porte et partit se réfugier à l'étage, confortablement installée sur un canapé situé au bord de la mezzanine d'où elle avait une vue d'ensemble sur la pièce en contrebas et sur la porte d'entrée. Les jambes croisées, elle sortit de son sac un petit paquet de biscuits fourrés de chocolat blanc et les engloutit à une allure telle qu'elle faillit s'étrangler. Elle prit ensuite une pomme et l'ingurgita tout aussi rapidement, suivie d'une grande gorgée d'eau pour achever son repas. Elle rangea ensuite le reste (malgré la faim qui lui tiraillait encore les entrailles) et arrêta un instant son regard sur les dossiers qu'elle avait eu l'occasion de ramasser dans les locaux du journal et du poste de police.

« *Finalement, je n'ai pas encore pris le temps de regarder à tout ça* » ajouta-t-elle en haussant les épaules, avant de s'enfoncer dans le moelleux des coussins beige et bleu. Une à une, elle tourna les pages, lisant avec grande attention les rapports des hommes de terrain, des journalistes venus investiguer lors de diverses disparitions suspectes, mais également de médecins légistes dont les relevés intéressèrent grandement Britany. Classés de manière décroissante, du plus récent au plus ancien, ces analyses reprenaient les éléments communs qui avaient été relevés lors de chaque affaire, sous la forme d'un tableau renvoyant à plusieurs dossiers contenus sur un DVD glissé dans le classeur à l'aide d'une chemise plastique, avec le reste de la paperasse.

« Dommage que l'électricité soit HS. cela m'aurait bien servi... et pas que pour l'ordinateur ! Je tuerais pour un café bien chaud. »

Le premier document datait de 2012, un peu avant Pâques : Un homme dans la cinquantaine avait quitté son domicile pour aller travailler au champ et n'était jamais revenu chez lui. Le second, de 2011 : Une petite fille de six ans était partie se promener avec sa maman et n'avait jamais été retrouvée. Après avoir accusé la mère d'avoir fait disparaître son enfant, il avait été prouvé que cette dernière avait eu un choc important à la tête, la plongeant dans une totale amnésie. Le troisième datait de 2011 également, et ainsi de suite, jusqu'au dernier de la pile, qui remontait quant à lui à 1976, tandis que Westrelöm connaissait une prospérité sans précédant grâce aux découvertes archéologiques qui venaient d'être faites près du cimetière.

Britany leva les yeux, songeuse.

« Ces dossiers ne parlent que de disparitions dont on a jamais retrouvé les corps. Je suppose que les autres cas sont recensés ailleurs. Peut-être ici... » songea-t-elle en posant un second classeur sur ses genoux. Dans celui-ci, elle découvrit une série de photographies couleurs, mais également en noir et blanc, qui lui soulevèrent le cœur.

« Tu voulais des corps, Brit ? Te voilà servie ! *Octobre 2012, Monsieur Verglex décède dans des circonstances étranges. Sur son cou... morsure assez profonde... aucune trace de sang lors de l'autopsie... Le coupable court toujours. Octobre 2012, Monsieur Ofrey est retrouvé mort dans l'arrière boutique d'articles électroniques... membres inférieurs manquants... Novembre 2012, la tête de Madame Luis Wernow est retrouvée le long de la route, à l'ouest de Westrelöm... la base du cou porte des marques violacées... reste du corps introuvable.* »

L'un après l'autre, Britany éplucha les dossiers, s'étonnant de leurs similitudes : Tous avaient été commis entre octobre 2012 et novembre 2013 et, à chaque fois, seule une partie du corps de la victime avait été retrouvée, laquelle avait été totalement vidée de son sang à l'exception d'une zone violacée autour du cou et dans laquelle on pouvait discerner deux profondes marques semblables à celles laissées par des crocs. Finalement, la chose la plus étrange que Britany releva, c'est qu'aucun coupable n'avait été arrêté pour ces meurtres.

« On dirait que ce criminel sévit encore. Ces marques ressemblent à celles que j'ai vues sur le cou de cette pauvre femme. Je me demande tout de même qui peut être derrière tout ça. Il faudrait une force surhumaine pour broyer les corps à ce point... et même l'homme le plus fort du monde ne parviendrait pas à faire autant de dégâts. Du moins, j'ose l'espérer... » acheva-t-elle en refermant le classeur pour le ranger tant bien que mal dans son sac.

Avec prudence, elle redescendit et se dirigea vers la porte. Après un rapide coup d'œil, elle sortit et regagna la rue principale. Le soleil était déjà bien bas dans le ciel, ce qui fit penser à Britany qu'elle avait passé un temps assez important de la journée à éplucher les dossiers et que, finalement, elle n'avait pas retiré de quoi faire un article à la hauteur de ses espérances. Elle décida donc de profiter du peu de temps de luminosité qu'il lui restait pour explorer un peu les bâtiments, avant de se remettre à l'abri pour la nuit.

Elle remonta la rue en direction de la grange. Sur sa droite, elle vit une ancienne épicerie dont la vitrine avait été détruite, les planches cassées sur le centre pour ne laisser sur les murs extérieurs qu'un amas de clous rouillés entourés de quelques vestiges de bois. À l'intérieur, Britany vit une multitude de paniers remplis de restes de nourritures décomposées et à l'extrémité du présentoir, elle vit un petit rideau qui pendouillait dans le vide, probablement arraché de son emplacement originel, portant encore une longue traînée de sang.

Dans la boutique à l'arrière, elle distingua quelques étagères renversées, des pots et des conserves s'éparpillant un peu partout, de manière aléatoire. Il ne faisait aucun doute que tout ce désordre était dû à une lutte visiblement musclée entre un homme et...

Britany n'osa y songer, tant l'idée qu'elle pouvait s'en faire la faisait frémir.

Elle poursuivit son chemin, regardant chaque vitrine avec minutie, cherchant la moindre petite chose qui pourrait l'aider à progresser dans son enquête.

Malheureusement, jusque là, peu de nouveaux éléments étaient venus combler les manques qu'elle avait décelés depuis la lecture des dossiers.

Elle parvint enfin devant une boutique de vêtements qui attira son attention. Quatre mannequins de tissus étaient exposés d'une façon assez étrange, vêtus de robes anciennes faites de tissus ocres et pastels. Sur l'en d'entre eux, Britany vit un large chapeau bordé de plumes somptueuses, lui rappelant étrangement celles portées par sa grand-mère lors de ces noces.

S'approchant davantage, elle se rendit compte que quelque chose clochait car bien que la scène représentée par la disposition des modèles appelait à la fête, la jeune femme se sentait mal à l'aise, un peu comme si elle voulait se voiler la face devant une atroce vérité. Lentement, elle longea ce qui fut jadis la vitrine et pénétra dans le magasin avant de froncer les sourcils, inquiète. Sur le sol, elle vit une série de lignes ensanglantées partant du présentoir où se trouvaient les mannequins jusqu'à la cour arrière. Entremêlées à celles-ci, Britany en découvrit quelques-unes beaucoup plus larges et arrondies, faites de sang. Elle s'accroupit auprès de la première pour l'analyser avec attention.

« Je me demande où peuvent mener ces marques » ajouta la jeune femme en les suivant une à une, les laissant se dessiner petit à petit devant elle.

Lorsqu'elle parvint devant la porte arrière, elle s'arrêta de nouveau, terrifiée.

« Ce sont des traces... de pattes. Probablement celles de la bête que j'ai aperçue au restaurant. Mais qu'est-ce donc ? Elle ne ressemblait à aucun animal que je connaisse en tout cas. Sinon, je m'en souviendrais vu sa taille. Je vais les suivre pour tenter d'en apprendre davantage. »

Elle poussa la porte et sortit, s'assurant auparavant qu'il n'y avait aucun risque au-dehors.

La nuit était presque tombée, ce qui compliquait son investigation.

Se dirigeant vers la gauche, elle suivit un petit sentier sur lequel les traces de sang se dissipaient progressivement pour finalement disparaître complètement dans la végétation présente en surabondance dans un jardin rectangulaire s'achevant par un haut mur de briques couvert d'une peinture blanche écaillée.

Durant quelques minutes, elle chercha un quelconque indice mais se rendit vite compte que la pluie et l'obscurité allaient vite mettre un terme à ses recherches.

Soupirant de ce contre-temps, elle rebroussa chemin et revint dans la boutique, où un craquement de verre la fit sursauter.

Par petits pas, elle gagna la vitrine et s'accroupit derrière le présentoir de bois, d'où elle pouvait voir ce qu'il se passait dans la rue.

C'est à cet instant qu'elle vit, un peu plus loin sur sa droite, la porte du restaurant se refermer bruyamment tandis que se profilait derrière la vitre une haute masse sombre d'au moins un mètre quatre-vingt.

Prise d'une panique quasi incontrôlable, Britany s'adossa au présentoir et patienta, respirant profondément pour maîtriser son souffle qui se voulait de plus en plus saccadé.

Lentement, elle neutralisa sa peur, priant le ciel de ne pas attirer l'attention sur elle, tandis que les bruits ne cessaient de l'autre côté de la rue. Elle leva ensuite la tête, juste assez pour voir la vitre du restaurant exploser sous le poids d'une banquette de cuir, tout bonnement arrachée de son emplacement d'origine.

Britany écarquilla les yeux, se rendant compte que le poids de ce morceau de mobilier, attaché au sol par un épais bloc de béton, ne pouvait avoir été déplacé que par plusieurs personnes... ou par une seule et même créature à la force décuplée, ce qui ne fit qu'accentuer sa peur.

À cet instant, elle ne souhaitait qu'une chose : se réveiller et rire en se rendant compte qu'elle venait de vivre le plus mauvais rêve de toute sa vie.

Malheureusement, cela n'arriverait jamais car elle était bel et bien là, observant les allées et venues d'une créature monstrueuse telle que l'on peut en voir dans les meilleurs films d'horreur.

Profitant du carnage orchestré dans le restaurant, la jeune femme s'approcha de la porte de la boutique et se glissa au-dehors sur la pointe des pieds. Intérieurement, elle ne cessait de se répéter qu'elle était complètement folle et qu'elle devait fuir aussi vite que possible mais malgré tout, sa curiosité la poussa à s'approcher davantage, jusqu'à venir se loger sous la devanture du restaurant, juste derrière le battant de la porte d'entrée.

Du verre se brisa à l'intérieur, suivi de bruits de pas écrasant tout sur leur passage en d'imposants craquements de matières résistantes broyées par des machines très sophistiquées. Ils se dirigeaient vers la sortie, vers elle qui osait à peine respirer, de peur de se retrouver face à face avec cette chose qui semblait tirer une certaine satisfaction à massacrer tout le monde sur son passage.

Puis, alors qu'elle ne s'y attendait pas, elle sentit quelque chose gagner en ampleur au-dessus d'elle, allant jusqu'à traverser une partie du trottoir, bavant sur les épaules et le sommet de son crâne avec abondance. La bouche grande ouverte, la jeune femme ne bougea pas, consciente que le moindre faux pas lui coûterait la vie. Elle leva doucement les yeux et tomba nez-à-nez avec une énorme tête couverte de fourrure. Celle-ci scrutait la rue avec lenteur, son long museau reniflant bruyamment les volutes de brouillard qui se propageaient depuis la tombée de la nuit. Au coin de sa gueule (d'où sortaient deux canines à l'apparence tranchante) Britany discerna un os (probablement humain) qui se baladait entre les dents ensanglantées, broyé comme un cure-dent fragilisé que l'on soumettrait à un poids trop important. Précédé d'un grincement atroce, il passa de droite à gauche entre les mâchoires, avant de finir dans l'estomac de la bête qui ne sembla nullement rassasiée de cet en-cas.

Britany baissa les yeux, les larmes coulant à n'en plus finir, les mains crispées sur son sac à main.

La bête se retira alors, aussi silencieusement qu'elle n'était arrivée, avant de réapparaître dans l'ouverture de la porte.

C'est à cet instant seulement que la jeune femme put mesurer l'imposante musculature de ce monstre à l'allure d'un *canis dirus*[1], mais en plus haut et à la fourrure plus épaisse, d'un noir profond comparable au pelage des corbeaux. Au bout de sa gueule, Britany vit deux longues canines qui dépassaient d'au moins quatre centimètres au-dessous de sa mâchoire, tandis que les griffes de ses pattes crissaient sur le macadam noyé de pluie. Avec une extraordinaire prestance, il se dirigea vers elle, le cou tendu et la truffe humide déployant deux étroites narines à la recherche d'une éventuelle proie. Britany retint son souffle. La tête de l'animal faisait des mouvements répétés de gauche à droite, se baissant de temps à autre pour renifler le sol avant de reprendre son observation, les babines dégoulinant d'un fluide sombre quasi opaque que la

[1] Le *Canis dirus* est un canidé qui a habité l'Amérique du Nord et la Sibérie au Pléistocène et s'est éteint il y a environ 10 000 ans. Source : Wikipédia.

jeune femme identifia tout de suite : Du sang... et en quantité de plus est !

Tel un lion il rugit, ce qui surprit la jeune femme qui ne s'attendait pas à ce genre de bruit.

La main crispée sur la poignée de son sac, elle se contenta d'attendre.

La bête s'approcha davantage jusqu'à s'arrêter à sa hauteur. Elle tourna la gueule vers Britany, attirée par une odeur qui la fit saliver davantage. La truffe posée à quelques centimètres seulement, le loup renifla le tissu avant d'en pousser l'extrémité de son museau.

La journaliste se laissa mener (comme si elle n'était qu'un morceau de bois posé contre la vitrine) et laissa tomber le sac qui se vida d'une partie de son contenu sur le trottoir.

Visiblement affamée, la bête s'empara d'un sachet de chips qu'elle écrasa entre ses crocs, faisant sursauter Britany qui regretta aussitôt son geste. Un flot de larmes lui envahit les yeux. Elle retint sa respiration, s'attendant à voir le monstre lui faire face mais, contre toute attente, celui-ci se contenta de poursuivre la fouille des provisions qui se gorgeaient d'eau devant elle.

Elle eut alors envie de sourire, heureuse de se voir ainsi épargner, mais se ravisa aussitôt, alertée par le mouvement soudain du loup qui venait de relever la tête en grognant, les canines visibles depuis les gencives.

Britany tourna les yeux mais ne vit rien, tandis que le loup partait en courant, sa masse rebondissant sur le sol gorgé de pluie avec lourdeur.

Seul demeura alors le clapotis de la pluie, rassurant et effrayant à la fois.

La jeune femme patienta de longues minutes, réfléchissant à ce qui venait de se passer. Jamais elle n'avait vu pareille créature auparavant et n'avait eu aussi peur de sa vie, au point de presque mouiller sa petite culotte.

Intérieurement, elle faisait le point, reprenant tous les éléments qui avaient fait qu'elle était encore en vie pour y songer...

« *Cette chose n'est pas normale. Du moins, pas scientifiquement parlant. Elle est sûrement le fruit d'une expérience... Après tout, il fait terriblement sombre et avec cette pluie qui m'empêche de voir le bout de mon nez, il est possible que je confonde... mais non ! Bordel, c'était quoi ce truc ? Une chose est certaine en tout cas : elle n'a pas une bonne vision et ne sent pas grand chose, mais son ouïe est excellente. Heureusement pour moi... Mais bordel ! Je suis où moi ? À Silent Hill ?* » ragea-t-elle alors, tandis qu'elle hésitait à bouger.

*« Brit, il faut que tu te casses d'ici. Tant pis pour l'article. Tu dois d'abord penser à sauver tes fesses de ce merdier ! Mais tu ne peux pas partir comme ça. On ne voit rien du tout et puis, il faut sortir ce prêtre d'ici et veiller à ce que personne d'autre ne soit encore dans ce village. Mais... et si cette chose revenait ? Il te faut une arme, Brit. Quelque chose pour te défendre au besoin. Oui, mais où vais-je bien pouvoir... Mais bien sûr ! Le commissariat de police. En espérant que quelqu'un ne soit pas déjà passé par là avant moi. »*

Terrorisée, elle se dirigea à la hâte vers le commissariat, priant sans cesse de ne pas servir de souper au loup. Bravant la pluie et l'orage qui avait commencé à gronder, déchirant le ciel déjà surchargé d'éclairs d'une luminosité si intense que l'on aurait pu se croire en pleine journée à plus de trois heures du matin.

Sans perdre un instant, elle barricada la porte, prenant bien soin de ne pas faire de bruit.

Le silence autour d'elle était total, ne laissant que son propre souffle briser l'atmosphère morbide que prenait Westrelöm à la tombée de la nuit.

À tâtons, elle chercha le bureau découvert près de l'entrée, le contourna et ouvrit le tiroir grippé par la rouille et l'accumulation de poussières de gravas. Craintive à l'idée d'y trouver une autre mauvaise surprise, elle glissa la main dans l'ouverture et se mit à en remuer le contenu, laissant glisser ses doigts gelés sous les papiers, boîte de trombones et autres articles de bureautique qui ne lui seraient d'aucun usage à l'heure actuelle. Elle referma le tiroir et ouvrit celui juste en-dessous, bataillant quelque peu pour que la glissière accepte de bouger. À l'intérieur, elle trouva quelque chose qui lui fit froncer les sourcils dans un premier temps, puis sourire, lorsqu'elle comprit ce dont il retournait.

« Dites-moi qu'il y a des piles, s'il vous plaît. Des piles qui fonctionnent. »

Elle glissa les doigts le long de l'objet métallique à la recherche de l'interrupteur et l'actionna. Une faible lueur s'en dégagea, avant de prendre de l'ampleur.

Britany, euphorique, se ravit d'avoir trouvé un point de lumière qu'elle pouvait contrôler à sa guise (du moins tant que les piles seront encore suffisamment chargées). Elle balada rapidement le faisceau, son sang se glaçant à chaque centimètre parcouru sur le mur du fond. Il y avait là de nombreuses traces de sang en lignes ou en amas circulaires couvrant la partie basse ou l'angle de la pièce, ruisselant sur le sol et disparaissant sous les gravas ou le mobilier en quelques pas.

Britany s'approcha, blême de peur. Devant elle, une armoire à double battant, le côté droit défoncé et maculé de sang avec à sa base deux traces de chaussures, à demi visibles, qui devenaient traces de pattes immenses, pourpres, qui disparaissaient sous une porte métallique.

La lampe de poche vacillant devant elle, Britany suivit les empruntes jusque dans une salle terriblement sombre, dépourvue de mobilier.

À sa gauche, de petits cloisonnements de bois soutenaient une tablette à hauteur de ceinture, ainsi qu'un petit bouton poussoir de couleur rouge relié à un ordinateur à l'écran brisé grâce à une gaine blanche.

À sa droite, elle vit d'autres armoires, similaires en tout point à celle trouvée dans la pièce précédente, à l'exception que celles-ci étaient intactes, couvertes de silhouettes ciblées, percées pour la plupart de quelques trous au calibre régulier.

Une obscurité oppressante la plongea dans une peur panique qu'elle n'aurait jamais imaginée auparavant. Elle s'y enfonça pourtant lentement, osant à peine lever le faisceau lumineux, apeurée de tomber nez-à-nez avec le loup qui aurait tôt fait de la déchiqueter.

« *Courage, Brit. Si cette chose avait été ici, cela fait longtemps qu'elle te serait tombée dessus. Il n'y a aucune raison d'avoir peur.* »

D'un pas hésitant, elle se faufila sur la droite pour vérifier l'exactitude de ses dernières pensées.

Après quelques pas, le faisceau lumineux frappa le mur du fond, ce qui la rassura au plus haut point.

Revenant sur ses pas, elle trouva un porte-manteau dont l'une des attaches avait cédé et sur lequel elle vit plusieurs vestes couvertes d'une grosse couche de poussière. Elle s'en approcha et, d'une main tremblante, se mit à fouiller, intriguée par quelque chose qui pendouillait contre le mur, sous plusieurs épaisseurs de vêtements.

« *Allez, viens ici... Ça y est ! Parfait... et pile à ma taille !* »

Tout sourire, elle observa le gilet par balles qu'elle tenait par l'ouverture destinée au bras gauche, laissant la lampe de poche aller et venir sur ce dernier pour en vérifier la bonne conservation. Elle le frotta longuement et l'enfila sans attendre, avant de reprendre ses recherches. Elle ouvrit les armoires, laissant crisser leur charnière dans un bruit à faire grincer des dents.

« *On dirait que c'est ton jour de chance, Brit. Enfin, je me comprends* » ajouta-t-elle en ramassant un étui de cuir contenant un Colt 45 chromé qu'elle glissa à toute hâte à sa ceinture, ainsi qu'une boîte de munitions dont elle chargea les poches de son jeans.

Rassurée, elle se tourna d'un quart de tour sur la droite et s'arrêta, alertée par un éboulement dans la pièce voisine. Le cœur sur le point de lâcher, la bouche sèche et les yeux regardant furtivement vers la porte, elle se refusa à éteindre la lampe de poche, de peur d'attirer l'attention.

Quelque chose se trouvait là, à une vingtaine de pas à peine. Elle le savait. Retenant son souffle, elle patienta jusqu'à discerner un léger mouvement dans la pénombre, un déplacement de masse qui lui fit dresser les poils sur les bras. Un frisson lui parcourut l'échine tandis que la main qu'elle voulait immobile se mettait à trembler de haut en bas en un mouvement de plus en plus incontrôlable.

« *S'il vous plaît, par pitié... Faites que cela ne soit pas cette bête. Je vous en supplie...* » se répétait-elle pour elle-même en sentant la présence se rapprocher de plus en plus, broyant sous elle les gravas qui s'entrechoquaient de plus en plus forts à chaque progression.

Britany claqua des dents, se maudissant de ne conserver davantage le contrôle de son propre corps, consciente que cela pourrait lui coûter la vie si elle se faisait prendre.

« *J'espère que cette chose n'a pas une meilleure vue que tout à l'heure. Pareil pour l'odorat parce que je dois puer la transpiration à des kilomètres à la ronde. Qui a dit que la peur n'avait pas d'odeur ?* »

Et tandis qu'elle imaginait le pire, le loup passa le bout de son museau dans l'embrasure de la porte, ses canines humides de salive luisant sous le faisceau de lumière que Britany pointait dans sa direction. Ses yeux perçants s'illuminèrent en un instant, tandis qu'il approchait d'elle en grognant.

Paralysée par la peur, la jeune femme se força à demeurer silencieuse, retenant son souffle le plus possible.

La bête passa à ses côtés en direction de la zone de tir, disparaissant une nouvelle fois dans l'obscurité du lieu. À sa suite, Britany remarqua de larges cercles sanguinolent qu'elle identifia avec certitude pour en avoir déjà vu dans divers autres battisses de Westrelöm. Il ne faisait à présent plus aucun doute que cette créature était à l'origine d'une bonne partie (si pas de la totalité) des meurtres commis au cours des dernières années. Contente d'avoir pu élucider ce point, elle se ravisa cependant rapidement.

« *Ce n'est pas le moment, Brit. Cette chose est tout prêt. Il faut que tu te sauves. Mais comment ? Il va te voir si tu bouges, surtout avec la lampe de poche en main... Et puis, ces gravas vont attirer son attention. Comment faire ?* »

Quelques secondes passèrent avant que la jeune femme ne trouve une idée susceptible de la sortir d'affaire.

Sans modifier l'inclinaison du faisceau lumineux, elle posa la lampe sur le petit muret séparant cette partie de la salle de la zone de tir, s'assurant de ne pas la diriger vers la porte, histoire de ne pas en bloquer l'accès. Il ne lui restait plus à présent qu'à rejoindre la pièce voisine et enfin la porte d'entrée. Pour se faire, elle calqua ses pas à ceux de la bête, fondant son propre bruit à celui de cette chose qui menaçait de lui tomber dessus à tout moment. C'est ainsi qu'elle se rapprocha de son but, priant le ciel de ne pas être entendue.

Une fois à la base de l'encadrement de la porte, elle voulut soupirer de soulagement mais se retint car rien n'était gagné. Il lui fallait encore progresser partiellement dans l'obscurité, la batterie de la lampe de poche commençant à montrer des signes de faiblesses derrière elle.

Sa gorge était terriblement sèche et l'envie de tousser de plus en plus difficile à réprimer. La poussière autour d'elle était importante, bien plus que lors de son arrivée. Devant elle, la porte d'entrée du commissariat (au tour légèrement baigné de lumière) lui fit comprendre que le jour n'était pas loin de se lever.

Elle en fut tellement soulagée qu'elle oublia la bête une fraction de seconde, avant de refixer son attention sur les bruits ambiants. Rien... Aucun son, aucun gravas qui en frotte un autre et heureusement, aucun grognement.

Les tremblements lui reprirent. Elle osait à peine bouger, de peur de deviner le loup monstrueux aux crocs mortels juste derrière elle. Néanmoins, elle savait qu'elle ne pouvait pas rester là indéfiniment. Sur la pointe des pieds, elle se faufila jusqu'à la cage où gisaient les vestiges du câblage électrique de Westrelöm et y pénétra sans attendre.

« *Si je pouvais fermer cette cage à clef, je serais en sécurité en attendant que cette bête s'en aille. Cela serait plus prudent que de tenter de rejoindre la porte avec tous ces gravas qui jonchent le sol.* »

Elle baissa les yeux et trouva rapidement ce qu'elle cherchait : accroché à une longue chaîne à grosses mailles, un cadenas visiblement résistant, dans lequel se trouvait une clef du même gabarit.

Précautionneusement, elle replaça la chaîne à son emplacement originel avant de refermer la fermeture, rassurée d'être ainsi protégée.

Elle recula ensuite d'un pas et s'assit, avant de tendre l'oreille à nouveau.

« *Il me suffit de ne pas faire de bruit. Je suis en sécurité ici.* »

Elle eut à peine achevé sa phrase que l'impensable se produisit. Elle venait tout juste de s'adosser à la cage qu'un balai appuyé contre l'armature métallique glissa le long du métal en un vacarme qui la fit sursauter.

Tremblant à nouveau de tout son être, Britany retint sa respiration, les yeux allant et venant devant elle.

Heureusement, rien de ce qui suivit ne lui fit craindre le pire. C'est donc lentement qu'elle reprit sa position au fond de la cage, avant d'appuyer la tête sur le métal rouillé et de fermer les yeux de soulagement.

Les secondes s'égrainèrent et Britany (malgré ses vêtements mouillés et froids) eut l'impression d'avoir chaud, trop chaud. Elle remit d'abord cela sur le compte de la peur mais se rendit vite à l'évidence que même ça ne pouvait lui procurer autant de chaleur. De plus, chose particulièrement étrange, elle la sentait venir exclusivement sur sa gauche, par vagues régulières, un peu comme si elle soufflait au creux de sa main à chacune de ses expirations.

Brusquement ses yeux se firent ronds tandis qu'elle tournait lentement la tête dans la direction de la source de chaleur pour tomber en un instant nez-à-nez avec deux yeux perçants perdus au milieu d'une épaisse fourrure sombre.

Britany hurla tandis qu'elle reculait, propulsée par ses jambes qui se tendirent en un instant.

Le loup était là, le museau juste à côté de sa chevelure et grondait avec force. Visiblement affamé et peu disposé à abandonner, il se mit à donner de violents coups de tête contre la cage, le métal se pliant au fur et à mesure qu'il laissait échoir sa masse contre l'armature.

Britany cria de plus belle, relevant la jambe pour se protéger, les mains accrochées à l'extrémité opposée de la cage métallique.

Le loup frappa encore et encore, usant de chaque partie de son corps pour tenter de défoncer ce qui le séparait encore de son prochain repas.

La jeune femme sortit aussitôt le Colt 45 de son étui et tenta de le charger d'une main plus que tremblante, peinant à ôter de sa poche les recharges qu'elle lâcha à plusieurs reprises. Elle pointa ensuite l'arme droit devant elle et pressa la détente. La détonation fut telle que Britany lâcha le Colt pour se protéger les oreilles. La tête lui tournant, elle tomba à genoux, un bourdonnement atroce lui paralysant toute faculté de résonnement.

De son côté, le loup redoubla de rage. Ses longues griffes frappèrent le grillage jusqu'à avoir raison de l'armature qui s'éventra à plusieurs endroits telle une banane mûre que l'on épluche sans difficultés.

La jeune femme recula tant bien que mal et se recroquevilla sur elle-même, les yeux clos ruisselant de larmes, attendant que la bête ne viennent l'achever.

Puis, brusquement, elle entendit les lourdes pattes écraser les débris alentours en s'éloignant, avant que la porte ne se fracasse contre le mur en un craquement très sonore.

Tout redevint calme. Terriblement calme.

« *Ça y est, je suis morte ?* » songea Britany en ouvrant un œil, cherchant à comprendre ce qu'il venait de se produire.

« *On dirait que non. Dieu merci ! Il faut que je me tire d'ici. Hors de question de passer une seconde de plus dans cet enfer. Mais... et si ce monstre était encore là ? Et s'il m'attendait ? Qui sait ce qu'il pourrait me faire... Non, je ne veux même pas savoir. Il faut que je retourne voir ce prêtre et que je l'oblige à me suivre s'il le faut.* »

La tête encore endolorie et les membres terriblement faibles, Britany ramassa le Colt et le chargea, tandis qu'elle peinait à se mettre debout.

Doucement, elle posa la main sur le grillage de la cage, défit le cadenas qui pendait avec fatigue, complètement déformé par la force de la bête et poussa le battant qui sortit de ses gonds sans se faire prier, s'écrasant au sol en un épais nuage de poussières.

L'arme pointée droit devant elle, la jeune femme se dirigea vers la porte du commissariat, balayant du regard le moindre recoin susceptible de dissimuler la bête.

Sans difficultés, elle parvint sur le trottoir, la main en visière pour se protéger du soleil qui brillait à l'horizon.

Sur sa gauche, un bruit métallique brisa le silence ambiant.

Pointant le Colt devant elle, Britany se dirigea vers la grange où la porte s'ouvrait et se refermait doucement, ballottée par le vent qui s’engouffrait à l'intérieur en faisant grincer les charnières.

« *Ce n'est tout de même pas la porte qui a fait ce bruit ? Non, c'était autre chose. Mais quoi ? Par pitié, faites que cela ne soit pas cette chose immonde... Sauve-toi, Brit. Laisse ta curiosité maladive de côté. Tu ne devrais déjà plus être là. Mais qui te dit que le prêtre n'a pas besoin d'aide ? Je dois savoir.* »

Sur la pointe des pieds, elle approcha de l'ouverture, regardant régulièrement autour d'elle pour s'assurer que rien ni personne ne pourrait lui tomber dessus.

Prudemment, elle colla son œil au battant fermement fixé au sol à l'aide d'un crochet rouillé à la recherche de ce qui aurait pu provoquer le bruit entendu depuis le commissariat.

Perdue dans l'ombre devant elle, Britany discerna une cuve cuivrée qui achevait de se balancer sur elle-même, déversant son contenu sur le sol fait de terre et de paille.

Sur la gauche, elle vit un établi des plus rudimentaires, couvert d'outils et de morceaux de papiers, éparpillés ça et là avec désordre. Juste en-dessous, quelques petits barils de bois aux anneaux démis s'empilaient en quinconce sur plusieurs mètres de long.

Britany tourna la tête vers la droite mais ne parvint pas à remarqua rien de particulier tant la poussière dans l'air était importante. Baignée des rais de lumière, celle-ci formait une sorte de voile opaque rendant quasi impossible toute investigation depuis ce point d'observation.

Peu convaincue d'avoir fait le bon choix, la jeune femme poussa subrepticement le battant, lui laissant crier sa vieillesse par un grincement similaire à celui que font les portes dans les meilleurs films d'horreur.

« *Bien joué, ma grande. Si tu voulais passer inaperçu, c'est raté !* » se murmura-t-elle en serrant des dents.

D'un pas hésitant, elle se dirigea vers la droite vers une vingtaine de tonneaux de bonne contenance alignés trois par trois le long d'un mur aux jointures moisies et sur lequel quelques zones de lierres n'avaient de cesse de prendre de l'ampleur, s'insinuant vers le fond de la grange telles des tentacules cherchant à étouffer leur proie.

Britany s'accroupit auprès des premiers contenants, intriguée.

« *On dirait qu'ils ont servi il y a peu. La poussière a été enlevée à ce niveau. Probablement par un pied de biche ou quelque chose du genre... D'un autre côté, même en comité restreint, ce village a continué à vivre et avec le champ voisin, il ne serait pas étonnant que ces tonneaux contiennent quelques récoltes. Tu te fais des films, ma pauvre fille...* » sourit-elle, tandis qu'elle poursuivait son investigation, les yeux rivés droit devant elle.

Rien ne lui parut anormal dans le reste de la grange. Britany conclut donc que la cuve de cuivre devait être à l'origine du bruit qu'elle avait entendu, même si elle ignorait ce qui avait pu provoquer sa chute. Était-elle tombée à cause d'une position bancale ? Avait-elle été poussée ?

Elle l'ignorait mais fut tout de même soulagée que le loup n'en soit pas la cause.

Britany fit demi-tour pour revenir vers l'entrée d'un pas plus rapide, laissant derrière elle une obscurité qui se voulait peu rassurante. Traînant les pieds sur la paille sèche, elle vit que quelque chose assombrissait la terre par endroit alors qu'à d'autres elle demeurait bien claire, d'un ocre très doux.

Parvenue près de l'établi, éclairé à présent d'un léger rayon de soleil, elle s'accroupit de nouveau avant de chasser la paille de la paume de sa main gauche.

« *C'est étrange. On dirait qu'il y a une concentration de cette substance ici. On dirait... du sang.* »

Elle eut un moment d'hésitation mais se souvint rapidement que le prêtre avait mentionné que le village subvenait à ses besoins grâce à l'élevage d'animaux, ce qui pourrait amplement expliquer le sang devant elle.

Cette grange était-elle l'abattoir ? Cela n'aurait rien eu d'étonnant à vrai dire.

Britany se releva et s'attarda un instant sur les papiers posés à ses côtés. Sur l'un d'entre eux, elle vit un tableau complété exclusivement de séries de chiffres écrites d'une écriture manuscrite soignée, aux courbes parfaites. Longuement, elle retourna celles-ci dans tous les sens, sans jamais en comprendre la signification. Finalement, elle conclut qu'il s'agissait juste là d'une liste comptable et que, de toute manière, cela ne lui regardait pas.

Elle replaça les documents en tas et s'apprêta à sortir lorsque son regard fut attiré vers le haut de la grange où une multitude de crochets de boucher pendaient au bout de chaînes robustes changées récemment.

*« Je me demande où se trouvent les bêtes. Si toutefois il en reste encore. Je n'en ai pas vu une seule depuis mon arrivée ici. Finalement, heureusement que nombre d'entre eux sont partis car ils auraient probablement finis par mourir de faim...* » ajouta-t-elle en refermant la porte de la grange derrière elle, fronçant les sourcils pour se protéger de la vive lueur du soleil qui venait de poindre au-dessus du champ sur sa droite. Les yeux brûlants du manque de repos et les membres raidis par la peur qu'elle venait de connaître, elle remonta la rue en direction de l'église, déterminée plus que jamais à quitter une fois pour toute cet endroit maudit.

# Chapitre ix

## *Le calice du diable*

Agenouillé devant l'autel, le Père Thomas priait, mains jointes autour d'un chapelet de bois qu'il roulait de temps à autre entre ses doigts, les larmes ruisselant le long de ses vieilles joues blêmes.

— Pardonnez-moi Seigneur car j'ai péché. Je vous implore, Seigneur, pardonnez la pauvre brebis égarée que je suis. Ayez pitié de mon âme. Protégez ceux et celles qui...

— Mon Père, comme je suis heureuse de vous trouver ici ! interrompit Britany en accourant vers lui, le visage illuminé de joie.

— Vous... vous êtes encore ici ? Ma pauvre enfant, il vous faut partir au plus vite !

— C'est pourquoi je suis ici, mon Père. Je suis venue vous chercher.

— Je... je ne peux partir. Je vous l'ai déjà dit.

— Je refuse de vous laisser ici. J'ai vu la pire bête que l'on puisse imaginer, pas plus tard que la nuit dernière. Vous êtes en grand danger, mon Père.

— Je ne peux abandonner ma paroisse. C'est mon destin.

— Je vous emmènerai, que vous le vouliez ou non. Et puis j'aurai besoin de réponses aux questions que je me pose par rapport à ce village. Et je crains de ne pouvoir les obtenir si nous ne sortons pas d'ici.

Dans un élan précipité, la jeune femme attrapa le bras du prêtre et l'invita à se relever, ce qu'il fit péniblement.

Fronçant les sourcils, Britany se tourna vers lui, inquiète.

— Tout va bien, mon Père ?

— Je... je suis épuisé.

— Vous aurez tout le temps de dormir une fois que nous serons partis d'ici, sourit la jeune femme qui se voulait rassurante.

— Je n'irai pas bien loin dans l'état actuel des choses. J'ai besoin d'un peu de repos avant toute chose.

— Vous me promettez que nous partirons tous les deux une fois que vous vous serez reposé ?

— ...

— Mon Père ?

— Oui. Très bien.

— Parfait. Je vous attendrai ici. Mais, si je vois que votre sommeil se prolonge trop loin dans la journée, j'irai vous réveiller. Vous êtes d'accord ? Je refuse de passer une soirée de plus ici. Hors de question de me retrouver de nouveau confrontée à cette chose immonde qui rôde dehors.

— Oui... c'est une bête immonde, en effet, ajouta le prêtre en baissant les yeux, las. Si vous le souhaitez...

— Oui, mon Père ?

— Il y a une cellule au bout de ce couloir. Vous pourrez vous y reposer. Vous me semblez épuisée, vous aussi.

— Je le suis. Mais je sais aussi que je ne trouverai pas le repos tant que nous à Westrelöm. Ne vous inquiétez pas pour moi, mon Père. Tout ira bien.

— Je l'espère, ajouta Thomas en se dirigeant vers le couloir adjacent d'un pas lent et silencieux.

À nouveau seule, Britany prit le temps de manger un peu, constatant avec désolation que son sac à main s'était presque complètement vidé lors de sa confrontation avec le loup, en face du restaurant. Mâchouillant un morceau de radis, elle leva les yeux, admirant une nouvelle fois l'architecture qui lui paraissait à présent bien plus oppressante que la première fois. Gagnée par la fatigue, elle éprouvait de plus en plus de mal à garder les yeux ouverts, les picotements devenant très difficiles à supporter.

La jeune fille se frotta énergiquement le visage et se leva, bien décidée à s'occuper pour faire passer le temps qui lui paraissait terriblement long.

Prenant bien soin de faire le moins de bruit possible, elle se dirigea vers l'embrasure dans laquelle s'était engouffrée le prêtre et remonta le couloir par petits pas, analysant avec admiration les pauvres enluminures ornant encore cette partie de l'église.

À la lueur de quelques bougies qui tendaient à rendre leur dernier souffle, elle gagna un second couloir bien plus bas que le précédent, dissimulé sous un lourd drapé de couleur sombre et qui descendait profondément sous l'édifice. Intriguée, Britany avança, veillant au préalable à garder contre sa poitrine la crosse du Colt, prête à faire feu au moindre danger.

Elle descendit une bonne quarantaine de marches aux extrémités inégales, très courtes et sculptées à même la pierre humide.

« *Une chute ici et c'est la mort assurée ! Surtout qu'il y a peu de chances que quelqu'un entende quoi que ce soit ou passe par ici en se promenant...* » se dit-elle au bas de l'escalier, une bougie tendue devant elle et le Colt près à servir.

Ses pas résonnaient dans l'obscurité droit devant elle, ce qui lui donna l'impression d'être suivie. Elle grelotta à cette simple pensée, la lumière vacillant à plusieurs reprises contre les parois parcourues de toiles d'araignées et de champignons aux teintes pâles.

Régulièrement, elle dépassait une ouverture creusée dans la pierre, sortes de portes sans battant qui débouchaient sur d'autres pièces plus étroites dont elle ne parvenait pas à voir l'extrémité.

Tétanisée, Britany regretta d'être descendue mais se refusa à faire demi-tour. Car après tout, ces couloirs (bien qu'abandonnés) devaient bien mener quelque part.

Baladant la bougie devant elle avec prudence, elle se dirigea vers le nord jusqu'à un autre embranchement, moins haut cette fois, perdu sur sa droite dans une noirceur qui lui donna une nouvelle fois envie de fuir.

« *Il n'y a pas de raisons d'avoir peur, Brit. Réfléchis, si cet endroit avait été dangereux, il aurait été condamné par une lourde porte de métal, avec une grosse chaîne et un cadenas, comme dans les films...* »

Elle fit quelques autres pas et manqua de tomber, son pieds heurtant avec lourdeur un amas de fer forgé jeté sur le bord du passage.

« *Bon, voilà la porte. Du moins, ce qu'il en reste... Et là, le cadenas et la grosse chaîne. Tout va bien, Brit. C'est une coïncidence, rien de plus. Je fais encore quelques mètres et puis je rebrousse chemin. De toute manière, qui aurait idée de venir ici ? Seul qui plus est ! Ces couloirs ont sûrement été construits il y a très longtemps et ne servent plus aujourd'hui.* »

La flamme vacillait au rythme de ses pas, faisant onduler l'ombre de Britany sur le mur humide telle une danseuse au corps souple et gracieux. Les doigts fermement serrés autour de la coupelle qui supportait la bougie, la jeune femme se tourna vers la gauche pour faire face à une petite porte au linteau gravé d'inscriptions anciennes que seul un prêtre ou un historien aurait pu déchiffrer avec précision.

« *Oui, cela doit vraiment être vieux. Pourquoi est-ce que je n'ai pas mieux travaillé mon latin quand j'en ai eu l'occasion ? Tout le monde devrait le connaître. Cela peut être utile... par exemple quand on se retrouve paumée au milieu de couloirs sombres, seule et sans savoir sur quoi on va tomber.* »

Tendant timidement le point de lumière devant elle, Britany entra dans la pièce d'apparence sobre mais en ressortit tout aussi vite, n'ayant rien trouvé qui vaille l'intérêt de s'y attarder.

Un peu plus loin sur la gauche, elle trouva une espèce d'étagère construite à l'emplacement d'une ancienne porte (à en juger par la similitude flagrante d'architecture entre cet emplacement et les autres ouvertures béantes de part et d'autre du couloir sur lequel elle se trouvait). Sur celle-ci, quelques poteries décorées de tracés de peintures bleues et jaunes s'entassaient aléatoirement sur le côté gauche de la planche du haut, accompagnées un peu plus bas de rouleaux de parchemins couverts de mousses et de toiles d'araignées.

Britany s'approcha de ces derniers, curieuse de découvrir leur contenu mais un bruit, très discret, attira son attention vers une pièce située à quelques mètres sur sa droite.

Craintive, elle dressa le Colt et s'approcha sur la pointe des pieds, la sueur se mettant à perler à grosses gouttes sur son front dégagé. Lorsqu'elle arriva à hauteur de l'entrée, elle glissa la bougie devant elle et fronça les sourcils, essayant de déterminer la provenance du bruit qu'elle venait d'entendre. À même le sol, elle vit s'entasser maladroitement quelques caisses à côté de la porte, ainsi qu'un porte-parapluie rempli de divers objets religieux sans grand intérêt. À côté de celui-ci, elle identifia une armoire à trois tiroirs, assez récente, qui prenait la poussière, cachée en partie derrière un grand panneau de bois punaisé d'une quinzaine de papiers.

Britany poursuivit ses recherches, une nouvelle fois intriguée par le petit bruit qui semblait se déplacer à ses pieds, avant de repartir un peu plus loin.

« *D'où vient ce bruit, bon sang ? Cela ne doit plus être loin... De ce côté... non. Plus par ici... Je te tiens. C'est... Aaaahh.* »

Instinctivement, la jeune femme fit un bond en arrière, prête à tirer, lorsqu'elle s'aperçut que le mouvement qu'elle venait de percevoir n'était autre que celui d'un rat qui allait et venait d'un bout à l'autre de la pièce, laissant ses petites pattes gambader sur les morceaux de bois qui jonchaient le sol. Le cœur tambourinant dans sa poitrine mais rassurée, elle sourit, avant de se frotter le front du revers de la main. Une fois encore, elle se maudit d'avoir crié et écouta attentivement, croisant les doigts que personne ne vienne à sa rencontre. Elle retourna ensuite à son exploration, surprise de ce qu'elle découvrit.

« *Ben ça alors ! Il y a vraiment des gens à qui il manque une case. Il faut vraiment le vouloir pour venir travailler ici. Même avec tout le confort qu'il devait y avoir avant que ce désastre ne frappe ce village.* »

Devant elle, Britany vit un large bureau métallique sur lequel on avait éparpillé plusieurs coupures de presse, des dossiers cartonnés et des surligneurs aux couleurs diverses. Sur la gauche, elle vit une imprimante, certes peu récente, mais probablement encore fonctionnelle, ainsi qu'une plante défraîchie, morte depuis un bon moment par manque d'eau.

Au fond de la pièce, du mobilier entassé et des cadres brisés, leurs bris de verre rassemblés en un petit tas aux pieds d'un haut meuble de bois noble, sans pour autant avoir été ramassé.

« *Je me demande bien ce que le propriétaire des lieux cachait ici. Voyons voir...* »

Elle tira la chaise vers elle et prit place devant le bureau, la bougie posée sur sa droite, juste à côté d'une lampe à abat-jour d'un vert pomme horrible. D'une main hésitante, elle fouilla les documents à la hâte, de peur de se faire surprendre.

« *Encore des articles de presse qui traitent de ces disparitions. Par contre, ils sont datés de mille neuf cent soixante-huit et non de deux mille douze comme ceux que j'ai consultés précédemment. Intéressant...* »

Elle éplucha chaque coupure avec minutie, jusqu'à tomber sur un ensemble de notes manuscrites s'apparentant à un échange de courriers entre un agent de police et un journaliste local. Intriguée, elle s'enfonça au fond de la chaise au confort rudimentaire, rabattant au passage le dessus de son gilet pour pouvoir lire sans encombre.

« *Suite à notre entrevue de ce jeudi 24 septembre 1968, je tenais à vous informer, sous promesse de votre discrétion, que nous avions mis la main sur une étrange créature s'apparentant à un loup, à en juger par son apparence, mais en beaucoup plus massif. La proéminence de ses crocs correspondrait, au niveau de la longueur et selon le légiste présent sur les lieux, aux marques trouvées sur les cadavres de Monsieur Mark Clarks et de son épouse, Madame Giselle Lamenie, découverts tous deux en bordure de route, à quelques mètres à l'extérieur de Westrelöm. Actuellement, cette bête est enfermée, sous médication et devrait être transférée en ville très prochainement pour examens approfondis*. Amitiés, Rod. »

Britany fronça les sourcils. Ce loup dont parlait cette lettre pouvait-il être le même que celui qu'elle avait rencontré à plusieurs reprises ? Avec autant d'années entre cette correspondance et le temps présent, c'était peu probable. Un descendant, peut-être ? Mais avec quel animal aurait-il été conçu ? À sa connaissance, aucune bête ne ressemblait à celle-ci, que cela soit par son pelage, sa carrure ou encore la taille de ses crocs. En y repensant, la jeune femme trouva fort courageux de la part des policiers de l'époque d'avoir traqué cette chose pour l'enfermer car, à leur place, elle aurait pris ses jambes à son cou et se serait enfuie à toute allure. Quoi que, en y songeant... Elle vivait le même genre de situation à l'heure actuelle et pourtant elle était encore là, assise dans un semblant de bureau éclairé à la seule lueur d'une bougie qui menaçait de s'éteindre à tout instant, en train de lire une correspondance datant d'une quarantaine d'années. Mais, à bien y songer, cela n'avait rien à voir. À l'époque, cette bête avait massacré des dizaines de personnes, tandis que là... elle était seule avec le prêtre et ce monstre. L'idée lui donna froid dans le dos.

« *Je pense que tu as passé assez de temps ici, Brit. Car si cette chose à tué autant de monde alors que le buffet se composait de centaines de personnes, que fera-t-elle maintenant qu'il n'y a plus que deux amuse-gueules sur la table ? Je préfère ne pas savoir ! Après tout, si ce prêtre ne veut pas partir, et bien soit ! Je lui laisserai un mot pour lui dire au revoir et surtout, lui souhaiter bonne chance avec ce monstre.* »

Elle se releva précipitamment, faisant basculer la chaise derrière elle en un vacarme se propageant sans la moindre retenu dans le couloir et dans les pièces voisines. Une main posée sur la bouche, rageant d'avoir attiré autant d'attention sur elle, Britany fit silence, les yeux rivés sur l'embrasure de la porte et le Colt dressé à bras tendus devant elle.

« *Bordel, Brit, tu le fais exprès ? À croire que cela te tente un petit rendez-vous avec mister aux dents longues. Non mais je crois rêver ! Tu as vraiment de la chance qu'il ne soit pas dans le coin sinon tu aurais eu chaud aux fesses.* »

S'assurant une dernière fois qu'elle était bien seule, elle rangea le Colt à sa ceinture, constatant avec angoisse qu'il ne lui restait que trois balles dans son chargeur. Tout en se dirigeant vers l'entrée, elle jeta un œil sur le tableau posé à même le sol et sur lequel se trouvaient punaisés plusieurs notes manuscrites, photographies et pages de vieux livres déchirés maladroitement et dont un seul attira l'attention de la journaliste.

Elle s'accroupit à sa hauteur, les yeux plissés pour en déchiffrer l'écriture, quasi illisible.

« *Qu'est-ce que c'est ? On dirait un plan. Mais, et ces chiffres alors ? Bizarre, ils me font étrangement penser à ceux que j'ai vus sur les documents de la grange. Ils semblent avoir la même structure en tout cas. Enfin, si je me souviens bien.* »

Hésitante, elle préféra poursuivre son observation, s'intéressant à présent au reste du schéma. Quelques tracés, faits avec précision, indiquaient l'endroit où elle se trouvait à l'aide d'une punaise rouge plantée au beau milieu du croquis, tandis que la suite du document contenait des indications crayonnées renvoyant à une légende écrite en tout petit au bas du plan.

« *Il est inconcevable d'écrire aussi mal ! Heureusement, tout n'est pas illisible. Si je comprends bien, en-dehors de cette salle, il y a... huit, neuf, dix... quinze autres salles. Quant à ces numéros... et bien je ne sais pas. Peut-être des références de classement, qui sait ? Je ferais bien d'aller y jeter un œil avant de rejoindre le Père Thomas. Il y en a justement une un peu plus haut sur la gauche. Je ne me souviens pas de l'avoir vue en venant, par contre.* »

Britany ramassa son sac à main et détacha le plan avec délicatesse avant de le poser près de la bougie. Du bout du doigt, elle définit le chemin à suivre, tandis que le mouvement du rat se faisait de nouveau entendre. Concentrée (mais apeurée à l'idée même de voir l'animal lui grimper le long de la jambe), la jeune femme s'assit sur le coin du bureau et poursuivit sa lecture.

Au bout de quelques minutes à mémoriser la direction à suivre, elle scruta le sol à la recherche du rongeur, inquiète.

« *Bon, toi, tu restes là où tu es ! Le plus loin possible de moi, s'il te plaît. Je ne te ferai pas de mal, c'est promis, mais ne viens pas près de moi. Je déteste les rats. Je déteste les rats* » se répéta-t-elle alors sans cesse en gagnant le couloir, où un courant d'air sifflait dans les pièces voisines avec force.

Apeurée, Britany fit quelques pas, le plan tenu fermement devant elle, la bougie alignée à son bras, tendu à quatre-vingt-dix degrés devant elle.

À pas feutrés, elle revint sur ses pas, cherchant du regard la tenture qui la séparait du couloir principal, sans jamais parvenir à la voir derrière l'écran de lumière offert par la bougie dont la luminosité commençait dangereusement à diminuer.

« *Tu ne me lâches pas avant que l'on ne soit de retour dans l'église, hein ? Bon sang, Brit. Tu te rends compte que tu parles à une bougie ? Et à toi-même aussi... Ce n'est pas grave, personne ne le saura si tu n'abordes pas le sujet. Tu parles d'un scoop... Tout le monde s'en foutrait, de toute manière.* »

Sur sa droite, elle vit une première porte dont le linteau brisé empêchait en partie le passage.

Sur le sol, quelques amas de gravas avaient été rassemblés contre le montant et un large sac de jute rempli de décombres diverses, avant d'être refermé à l'aide d'une cordelette effilochée. Fronçant les sourcils à son approche, Britany préféra ne pas s'arrêter, pressée de rejoindre l'église au plus vite.

Sur sa gauche, elle retrouva l'étagère vue précédemment puis une petite statue disposée à même le sol et dont elle avait ignoré la présence en arrivant. Il s'agissait d'un angelot en prière, les ailes ornant jadis son dos trônant à ses pieds joints. Son visage griffés semblait couvert d'une substance sombre que Britany identifia comme étant du sang couvert de poussière. Inquiète, elle préféra ne pas trop songer à la raison pour laquelle il s'était retrouvé là et poursuivit sa route.

En face d'elle, elle retrouva le second couloir, qui s'enfonçait sur sa gauche vers les ténèbres, encombré de toiles d'araignées et de bibelots posés de part et d'autre du passage.

Un peu plus tard, elle se réjouit de retrouver l'escalier menant à la nef mais s'arrêta en découvrant, juste sur la gauche de celui-ci, un petit passage menant à une pièce dissimulée par des planches et des métaux entassés pêle-mêle contre l'ouverture sombre.

Britany consulta le plan sans toutefois parvenir à identifier l'endroit où elle se trouvait avec certitude.

« *Je me demande bien pourquoi cette pièce a été dissimulée à ce point. Il doit y avoir une raison. Mais ce ne sont pas tes affaires, Brit !* » tenta-t-elle de se convaincre tandis que ses pas la menaient vers les marches légèrement éclairées et de faire demi-tour pour se diriger vers l'arrière de l'escalier, pointant la bougie devant elle pour ne pas trébucher sur les sacs de jute qui s'empilaient à mi-hauteur devant elle, dégageant une odeur nauséabonde qui lui fit plisser les yeux. Ne perdant pas de vue son objectif, elle tenta de pousser ceux-ci d'un mouvement du pieds, avant d'admettre qu'ils ne bougeraient pas tant ils étaient lourds.

« *Bon sang ! Ces sacs ont dû être remplis sur place. C'est impossible qu'ils aient pu être déplacés une fois pleins. Et qu'est-ce qu'ils puent ! Beurk. On dirait de vieilles poubelles... Et encore. Je suis certaine que cela ne sentirait pas aussi fort.* »

Déterminée, la jeune femme escalada les obstacles, se confrontant à des surfaces étonnamment dures.

Passant de bosses à creux, elle se faufila par-dessus les sacs, jusqu'à l'amas de planches et de métaux qu'elle déplaça sans grande difficulté. À présent dégagée, Britany se baissa pour passer la porte (bien différente que les autres de par son armature de vieux bois humide) pour se retrouver dans une pièce bien plus petite que le bureau qu'elle venait de quitter, meublée d'une table sur laquelle se trouvait un carnet à la couverture de cuir, d'une chaise en piteux état et de quelques autres sacs de jute sur lesquels elle vit une série de chiffres marqués (à première vue et d'une manière qui se voulait posée et soignée) à l'aide d'une bombe de peinture noire.

« *Bon, on dirait que tu t'es donnée du mal pour rien, Brit. Quoi que...* »

Elle attrapa le carnet avec délicatesse et en défit la boucle, regardant de temps à autre derrière elle que personne ne vienne la surprendre. D'une main impatiente, elle feuilleta les premières pages, découvrant avec horreur la même écriture illisible que celle qui parcourait le plan et divers documents trouvés précédemment.

« *C'est bien ma veine. Encore et toujours ces notes manuscrites qu'on sait à peine déchiffrer ! Ils ne connaissent pas le traitement de textes ? Si seulement j'avais pris mes lunettes...* »

Plissant les yeux, le nez rapproché le plus possible du papier pour ne pas avoir à loucher, Britany tenta de comprendre l'écriture maladroite qui couvrait la totalité des textes du carnet. Par-ci, par-là, elle parvint à décoder quelques bribes de phrases tandis que l'écriture évoluait, passant d'un tracé clair et harmonieux à une série de traits se superposant en de longues lettres inclinées vers la droite, collées les unes aux autres et entrecoupées de tâches d'encre imposantes, souvent frottées du côté de la main en un mouvement précipité. Son doigt parcourut les lignes une à une, sans perdre le moindre mot qu'il lui était possible de lire, jusqu'à ce qu'elle tombe sur une page où elle put décoder les phrases suivantes, sans trop de difficultés cette fois :

« *Je n'ose aller plus loin, plus maintenant. J'ai trop peur de ce que je vais trouver dans ces sombres couloirs. Cela fait des jours que je ne sors plus, que je ne vois personne, de peur de ne pouvoir me contrôler. Ils sont partis, pour la plupart, vers les villes les plus proches, en quête d'aide et de vivres. Ils ne reviendront plus. Ils ont peur. Je le sais, je le sens, je le vois. Ils disparaissent, l'un après l'autre, et cela me fait peur. Je ne sais pas ce qu'il se passe à Westrelöm, mais je suis convaincu que cela a un lien avec cette coupe... In nomine patris... Cet autre père qui nous a dupé, tous autant que nous sommes, nous conviant à boire son sang tel le Christ dans son infinie bonté lors du dernier repas. Il nous a menti au point de nous corrompre à ses désirs les plus sombres. La bête est revenue... par sa faute ! Il nous pousse, nous pauvres pécheurs, aux pires actes de barbarie. Seigneur, pardonne l'homme d'être si faible. Protégez nos âmes pendant qu'il est encore temps. Par pitié.* »

Britany haussa les sourcils, perplexe, avant de lire une nouvelle fois les quelques lignes qu'elle venait de parcourir à voix basse.

Elle se frotta les paupières, essayant tant bien que mal de chasser la fatigue qui lui brûlait les yeux depuis plusieurs heures tandis qu'elle décortiquait chaque phrase pour en capter le sens exacte.

« *In nomine patris... Encore ce titre. Et qui est cet autre père dont parle l'auteur de ce texte ? À mon avis, il a un peu perdu la tête, surtout s'il a dû vivre seul un moment après le départ des villageois.* ».

Britany tourna les pages, parcourant rapidement les lignes qui finirent par ne plus laisser que de sombres tracés illisibles au point qu'elle en attrapa mal à la tête. Arrivée bien au-delà de la moitié du carnet, elle sentit quelque chose lui coller au doigt, ce qui la poussa à s'arrêter sur une page remplie de travers et d'une main tremblante, difficile à comprendre. Néanmoins, elle parvint à en comprendre l'essentiel :

*« Je n'en peux plus. Je veux que ça s'arrête ! Je ne contrôle plus rien... ni mon corps, ni mon esprit ! Je me souviens juste du sang, beaucoup de sang qui me couvre la bouche et le corps au réveil. Ce n'est pas ma faute. Il m'oblige à le faire. Je n'ai pas le choix ! Je dois protéger la coupe, mais comment les protéger eux ? Je ne peux plus le supporter... Je dois trouver une solution. »*

Rattrapée par la fatigue, Britany fit une pause, la tête renversée sur le dossier de la chaise, les yeux clos. Durant deux longues minutes, elle demeura ainsi, la gorge nouée par le silence qui régnait autour d'elle. Elle repensa à ce qu'elle venait de lire, songeant que l'auteur de ces notes devait être vraiment perturbé mentalement pour en arriver à de telles dualités intérieures. Elle avait certes connu des moments difficiles dans sa petite vie (notamment lorsqu'elle avait perdu son poste de journaliste pour un grand papier très connu pour avoir cru les tuyaux erronés d'une connaissance peu scrupuleuse), mais jamais au point de se sentir déchirée de la sorte.

Le ventre grondant, Britany fouilla son sac et grignota ce qu'il lui restait de nourriture, sans toutefois parvenir à trouver de quoi réellement caler sa faim.

*« Il m'en faudrait plus. Je ne tiendrai jamais avec si peu dans l'estomac. Un passage chez le*

*restaurateur s'impose avant de partir, car je ne pense pas que je trouverai de quoi faire ici...»* ajouta-t-elle en regardant autour d'elle à la recherche d'un garde-manger ou toute autre source de nourriture.

Dans le couloir, elle entendit le *ploc ploc* émit par une fuite d'eau, accompagné du bruissement du courant d'air qui s'engouffrait de plus en plus fort parmi les vieilles pierres, lui donnant une impression obscure qui la fit une nouvelle fois frissonner. Enserrant ses bras à l'aide de ses mains gelées, elle se déplaça dans la pièce, les membres endoloris, désireuse de découvrir pourquoi cet endroit avait été dissimulé avec tant d'acharnement. Devant elle, et légèrement en retrait sur la gauche, elle vit une dizaine de sacs de jute marqués de noir, qu'elle assimila à ceux qu'elle avait pu voir au-dehors, juste à côté de l'escalier.

Intriguée, elle s'agenouilla auprès de l'un d'eux. Sur celui-ci, une petit boîte hermétique était remplie de quelques morceaux de viande salée, tel qu'elle avait eu l'occasion d'en manger précédemment avec le prêtre.

« *Oh oh ! Serait-ce mon jour de chance ? Je me demande si c'est encore bon?* »

Avec précaution, elle ôta le couvercle et approcha le récipient de son nez. Ne décelant aucune odeur particulière, Britany tâta la consistance du premier morceau avant de l'approcher de sa bouche, méfiante. Un intense goût salé lui envahit l'embrasure des lèvres tandis que son appétit se réveillait subitement, l'incitant à consommer sans modération aucune le met qu'elle venait de découvrir. Elle se laissa ainsi emporter par sa gourmandise, arrachant goulûment de petites bouchées qui devinrent plus importantes à mesure qu'elle ingérait la nourriture. Une fois le repas terminé, repue et le ventre tendu d'avoir trop mangé, elle recula d'un pas, une nouvelle fois intriguée par les séries de chiffres imprégnées sur chaque sac.

Achevant le dernier morceau tenu au creux de sa main gauche, elle revint vers le bureau et prit le carnet qu'elle porta à hauteur raisonnable pour poursuivre sa lecture.

« *Cela fait quatre jours qu'ils sont arrivés et que les fouilles se poursuivent. Le chef de projet parle d'une découverte étrange, qui pourrait révolutionner nos connaissances en matière d'archéologie religieuse. Je me demande de quoi il retourne. Je vais tenter d'en savoir plus à ce sujet.* », suivi, quelques pages plus loin, par un second passage tout aussi lisible : « *Le chef de projet a indiqué qu'il est question d'une chose retenue sous l'appellation « In nomine patris ». J'ai trouvé un livre à la bibliothèque qui traite du sujet. Il s'agirait en fait d'une coupe similaire à celle usitée par le Christ, réalisée à l'aide de sang et de terre et dans laquelle le diable aurait plongé sa malveillance. Selon les légendes mentionnées dans l'ouvrage, Satan aurait obligé les plus pieux des hommes à y boire pour les obliger à assouvir ses propres envies. Je ne peux y croire car aucune trace de cela ne se retrouve dans les Saintes Écritures. Je crois plutôt que ces archéologues se trompent. Je ne peux me permettre de laisser une éventuelle trace du passage de notre Seigneur tomber entre de mauvaises mains. Il faut que je les empêche d'emmener cette coupe. Je tâcherai de parler au chef de projet demain.* »

Britany s'appuya sur le bord du bureau et poursuivit sa lecture, mâchouillant machinalement le morceau de viande qui vint se caler entre ses dents, l'obligeant à jouer de sa langue pour l'en extraire au prix de plusieurs grimaces des plus disgracieuses.

« *Une coupe ? Je ne vois pas en quoi un petit passage en ville soit un problème à ce point. Que du contraire. Cela aurait pu faire grimper en flèche les ventes ici, surtout avec les touristes que l'on voit parfois aujourd'hui. Sans compter que le Vatican aurait donné une fortune pour récupérer cette coupe. Ce prêtre est vraiment bizarre, mais soit. Je peux comprendre qu'il veuille protéger ce village de toute influence extérieure.* »

La flamme de la bougie vacilla. Britany leva les yeux, le cœur battant à tout rompre, la main glissant le long de son corps pour se poser sur la crosse du Colt. Le courant d'air s'insinua à nouveau dans la pièce, faisant se dandiner la flamme une nouvelle fois. La jeune femme soupira, rassurée. Elle tourna une nouvelle page et haussa les yeux, surprise de découvrir un nouveau tableau rempli de chiffres, tels que ceux découverts dans la grange.

« *Encore ces chiffres. Deux... quatre... six... le même nombre que sur ces sacs aussi. Mais, attends voir...* »

Une idée lui traversa l'esprit. Elle posa son sac sur le bureau et en sortit les dossiers qu'elle avait eu l'occasion de ramasser au commissariat et dans les bureaux du journal local, avant de les étaler sur la surface poussiéreuse en quête des premières coupures de presse.

« *Étrange disparition... Aucune trace du corps de Monsieur Windred. L'article date du quatre octobre mille neuf cent soixante-huit. Les proches de Madame Trewali sont toujours sans nouvelles d'elle... En date du dix-huit mai mille neuf cent soixante neuf.* »

Énumérant chaque article, les doigts de Britany parcouraient les lignes du tableau chiffré, ses sourcils se haussant chaque fois que son doigt s'arrêtait sur une ligne marquée à l'encre sombre.

*« Chaque article trouve sa correspondance sur ce tableau, par ordre de parution. C'est étrange... On dirait qu'on a relevé les faits dans ce carnet et... »*

Son visage se crispa et son teint devint subitement aussi pâle que la neige. Lentement, ses yeux se posèrent sur les sacs et tout lui parut subitement clair. Refusant de croire que ses déductions étaient fondées, Britany lâcha le carnet sur le bureau et s'approcha du fond de la salle, le regard rivé sur la jute terne qui ne se trouvait plus à présent qu'à quelques centimètres d'elle.

*« Non. Ne me dites pas que... »*

D'un geste lent et qui se voulait particulièrement hésitant, elle s'agenouilla face au tissu et posa la main sur le lien qui le maintenait fermement hermétique, la peur lui serrant soudain la gorge avec une force qui lui coupa le souffle temporairement.

*« Allons, Brit, réfléchis. Cela ne se peut pas. Tu n'es pas dans un film. Tout cela ne peut pas être vrai ! Tu ne crois tout de même pas que... »*

Elle pinça le bout de la ficelle qui retenait le sommet du sac et tira doucement, retardant au maximum le moment où elle découvrirait ce qui se trouvait à l'intérieur, ses craintes les plus profondes se bousculant à toute vitesse dans son esprit pollué depuis des années par la télévision et les livres qu'elle lisait dès que son travail lui en laissait l'occasion. Elle vit alors une masse sombre impossible à définir avec exactitude à cause de sa propre ombre qui empêchait le rai de lumière de parvenir jusque là. Elle glissa le pieds gauche sur le côté et se déplaça d'un pas, gardant néanmoins sa position accroupie, les yeux rivés sur le contenu qui une fois identifié la fit vomir, son corps parcouru de tremblements incontrôlables. Elle tomba à la renverse et s'écarta avec précipitation, se hissant sur les paumes pour reculer.

Adossée au mur opposé, elle tenta de se calmer, sans toutefois y parvenir, terrorisée.

« *Non, non... Ne crie pas, Brit. Ne crie pas... Mais bordel, c'est quoi ce cauchemar ? Je vais me réveiller. Il faut que je me réveille !* »

La jeune femme se prit la tête entre les mains, essayant de faire cesser le flot de larmes et d'angoisse qui la tenaient clouée au sol. Le sac, déstabilisé par l'ouverture de son cordon, s'effondra, laissant rouler son contenu vers Britany qui bondit sur le bureau, manquant de peu de faire tomber la bougie. Elle ouvrit grand les yeux, espérant que son esprit puisse lui avoir joué un tour mais se ravisa lorsqu'un morceau de chair s'arrêta face à elle, dans le rayon orangé qui vacilla doucement.

Un peu partout devant elle, Britany vit des restes de corps découpés grossièrement, baignant dans quelques grains de gros sel qui s'éparpillaient maintenant sur le sol poussiéreux : trois mains, huit pieds, quatre bras et un mollet rien que dans la partie éclairée de la pièce. Son regard se posa sur chacun d'entre eux puis sur les divers sacs avec horreur, son visage blêmissant à mesure qu'elle approchait de la perte de connaissance.

« *Ils sont ici... Les gens qui ont disparus. Et ces numéros... Ils représentent les dates auxquelles on a signalé leur absence. Il faut que je prévienne le prêtre ! À moins que...* »

À l'évocation de ce dernier, elle vomit de nouveau, songeant aux cubes qu'elle avait dégustés il y a quelques minutes, mais également à ceux qui lui avaient été offerts devant l'autel.

Tout devint alors limpide dans son esprit. Le prêtre était au courant de tout. Il protégeait une bête immonde qui tuait un à un les habitants du village, avant de les découper en petits morceaux et de les stocker dans le sous-sol de l'église. Mais pour quelle raison ? Avait-il lui aussi perdu l'esprit ? Était-il l'auteur des notes qu'elle venait de consulter ? Et si oui, pourquoi tant de remords ? Cela ne collait pas avec l'image du tueur que Britany se faisait. Elle voulait savoir, mais son inconscient lui hurlait de fuir, de laisser sa curiosité maladive de côté et de partir le plus loin possible de cet endroit.

À cet instant, et pour la première fois depuis son arrivée à Westrelöm, ce fut la raison qui lui dicta la conduite à adopter.

D'une main tremblante, elle leva le Colt et vérifia le chargeur.

« *Tu t'attendais à quoi ? Les balles n'apparaissent pas par magie, Brit. Il y en avait trois tout à l'heure, il n'y en aura pas plus maintenant... Imbécile. Arrête de perdre du temps et va-t-en de cet endroit maudit!* »

Elle contourna le bureau, ramassa la bougie et se dirigea vers la porte d'un pas hésitant et terriblement frêle. Les yeux voilés par la fatigue, dégoûtée de savoir ce qu'elle était en train de faire, elle escalada les autres sacs qui barraient le passage et revint à la base de l'escalier, retenant une nouvelle envie de vomir qui faillit la faire tomber à plusieurs reprises. Elle analysa les marches irrégulières la séparant du couloir principal (priant le ciel que le prêtre ne s'y trouve pas, prêt à lâcher sur elle cette bête immonde contre laquelle elle n'aurait aucune chance) et posa le pieds sur la première marche en soupirant longuement.

« *Contrôle-toi, ma grande. Tu fais tellement de bruit qu'il ne faudra pas longtemps à ce monstre pour savoir que tu es là. Et cesse de respirer ainsi, tu vas finir par...* »

Britany ragea. Elle venait une nouvelle fois de souffler la bougie, la plongeant dans une obscurité qui lui donna envie de courir, talonnée par l'écho de ses pas sur les marches humides, bercée par le bruissement émis par les rats et l'architecture ancienne.

Malgré son envie de hurler et de se précipiter au-dehors aussi rapidement que ses jambes auraient pu le faire, la jeune femme poursuivit sa progression, les yeux clos sur une peur au summum de tout ce qu'elle aurait pu imaginer jusqu'alors, cherchant au maximum à limiter le bruit de ses semelles sur la pierre mais aussi celui de ses doigts enserrant la crosse du Colt. L'un après l'autre, elle plaça ses pieds, parfois de manière hésitante, ses jambes tremblant tellement qu'elle éprouva une grande difficulté à remonter.

Derrière elle, elle entendit le *ploc ploc* de l'eau accompagné du sifflement du vent se répandre dans les pièces avec une force telle que Britany crut à plusieurs reprises que quelqu'un la suivait, la faisant se retourner instinctivement. Le Colt cliquetait entre ses doigts moites, son souffle s'accélérant à nouveau.

Britany s'arrêta, écoutant avec grande attention ce qui se passait autour d'elle. Tout était calme, trop calme.

Au bout de quelques minutes d'une montée qui lui parut interminable, elle discerna enfin la faible lueur des bougies qui scintillaient dans le couloir, bien au-dessus de sa tête, ce qui la fit sourire, soulagée d'être presque arrivée à destination.

Elle tourna une dernière fois la tête et se figea, tandis qu'une étrange sensation lui parcourait le cou, dégagé et couvert de sueur. Britany frissonna avant de porter la main à sa nuque, inquiète. Elle sentit alors une chose velue bouger sur sa paume, ce qui la fit crier, horrifiée. Oubliant ses bonnes résolutions, elle lâcha le Colt et se mit à courir, manquant à plusieurs reprises de tomber, le bout de ses chaussures tapant la base des marches en lui arrachant l'une ou l'autre grimace. Elle leva les yeux et se guida à l'aide de la lumière orangée qui se rapprochait rapidement, la lourde tenture retenant à peine l'obscurité des sous-sol.

À bout de souffle, elle se précipita dans le couloir avant de regarder sa main, les yeux grands ouverts.

*« Une araignée ! Tu parles d'une surprise ! En attendant, j'espère que personne n'a entendu le boucan que je viens de faire ! Espèce d'imbécile ! En plus, j'ai lâché mon flingue... Et je ne retournerai pas là-dessous pour le chercher ! »*

Dépitée, elle se frotta les épaules pour en ôter les toiles qui s'amassaient maintenant autour de son cou et se dirigea vers la nef de l'église où se déroulait une scène des plus étranges. Le père Thomas était agenouillé devant l'autel, plongé dans ses prières, les mains jointes sur quelque chose que Britany ne parvenait pas à identifier avec certitude.

Discrètement, elle tenta de passer la tête par-delà le montant de pierre du couloir mais se retint in extremis tandis que le prêtre se relevait, s'appuyant sur son genou comme s'il souffrait du dos, la tête tournée vers le couloir.

Plusieurs secondes passèrent sans que la jeune femme ne se risque à regarder à nouveau. Au loin, elle entendit le prêtre faire des allées et venues, comme s'il s'éloignait et revenait vers l'autel, tant et si bien que Britany se demanda s'il ne perdait pas la raison. Elle tenta à plusieurs reprises de comprendre ce qu'il faisait, se basant uniquement sur le frottement de ses semelles sur le sol froid de l'église, mais ne parvint à aucune conclusion qui soit suffisamment plausible pour s'y accrocher.

Elle essaya une nouvelle avancée mais stoppa net, alarmée par un murmure de plus en plus présent, aussi aigu et désagréable que des ongles passés sur un tableau noir. Les mains sur les oreilles, serrant les dents et plissant les yeux, la jeune femme s'accroupit pour glisser le visage dans la faible lueur des bougies, juste assez pour apercevoir le prêtre penché par-dessus une chaise haute couverte d'une couverture sombre couverte de tâches de sang.

Mimant une profonde respiration en une succession d'inspirations par le nez et d'expirations par la bouche, la jeune femme conserva son calme, son regard allant et venant d'un bout à l'autre de l'espace devant elle.

« Aucune *trace de cette chose. Peut-être est-elle dehors en train de chasser... ou au sous-sol...* » songea-t-elle alors subitement en se retournant pour inspecter ses arrières, sans toutefois détecter la moindre présence.

« *Imbécile ! Si ce monstre avait eu l'envie de se balader la-dessous, cela ferait longtemps que tu ne serais plus ici pour te poser la question. Mais d'où vient ce bruit immonde ? Cela me fait vraiment peur. Comment peut-on aimer cela ? On dirait une multitude de personnes qui hurlent toutes en même temps* »

Un glissement sortit Britany de sa rêverie. Elle reprit sa place auprès de l'angle du couloir et plissa les yeux, intriguée de voir le prêtre se baisser près de l'autel, là où il n'y avait aucune raison de le faire.

Lentement, il glissa les mains sous le drapé couvrant la partie supérieure de la table, pour les retirer quelques secondes plus tard, chargées d'un objet large et orné de pierres précieuses, à en juger par les reflets qu'il émettait à l'approche des bougies disposées alentour.

« *Qu'est-ce que c'est que ça ? Je ne vois rien d'ici. Si seulement j'avais encore de la batterie sur mon cellulaire... J'aurais pu zoomer et voir ce dont il s'agit. C'est tout de même étrange de voir un prêtre s'affairer ainsi devant l'autel... en pleine nuit ! À moins qu'il soit somnambule, ce dont je doute.* »

Tandis que la jeune femme s'interrogeait sur le bien-fondé de la présence du prêtre devant l'autel, celui-ci s'était avancé machinalement vers le bénitier, le regard perdu dans le vide, tenant devant lui ce que Britany identifia finalement comme étant une coupe. Il la plongea dans le liquide translucide qui se colora aussitôt de rouge. Il revint ensuite lentement vers le crucifix et leva la coupe au-dessus de sa tête, les yeux plongés dans ceux du Christ.

« *Pardonne-moi, Seigneur, car je vais une nouvelle fois commettre l'impardonnable, dans l'unique espoir de protéger ton Église de ceux qui pourraient vouloir s'approprier la coupe du Tentateur. Pardonne mes péchés et protège mon âme de la colère des Cieux. Amen.* »

Les mains tremblantes, le prêtre porta le réceptacle à ses lèvres, conscient des conséquences que son geste allaient provoquer.

Une lutte intérieure le déstabilisa instantanément. Il posa hâtivement la coupe sur l'autel, la poitrine déchirée par une douleur insoutenable, tandis qu'il reprenait peu à peu ses esprits, victime d'une possession dévastatrice.

« *Mais que m'arrive-t-il ? Je... je ne peux pas faire ça. Seigneur, par pitié ! Délivre-moi de ce démon qui me pousse aux pires atrocités* » pleura le prêtre en tombant lourdement à la base de l'autel. « *In nomine patris... et spiritus sancti* » pria-t-il alors, apeuré tel un enfant perdu dans l'obscurité.

Lentement, sa respiration ralentit et ses spasmes perdirent en intensité. Le Père Thomas se releva alors laborieusement, envahi d'une sensation de bien-être qu'il n'avait jamais connue auparavant.

D'un geste précis et délicat, il déboutonna sa bure et la laissa glisser au sol, suivie de peu du reste de ses vêtements, découvrant ainsi une somptueuse et impressionnante musculature qui fit rougir la jeune femme. Il leva ensuite les yeux vers le Christ, souriant.

« *Voilà deux mille ans que tu luttes pour ramener ces brebis égarées sur le droit chemin... Mais tu perds ton temps, vieux fou ! Tant que je serai là, ils auront vite fait de quitter les sentiers sécuritaires sur lesquels tu voudrais qu'ils demeurent. L'herbe que je sème sur leur route est si tentante... Tu ne peux rivaliser avec moi et tu le sais parfaitement* » se moqua-t-il, son corps couvert d'une sueur luisant à la lumière de la bougie posée face à lui.

« *Il est temps que les choses rentrent dans l'ordre. Ce petit jeu doit cesser. Le chat est revenu à la maison et il a une faim de loup* ».

Père Thomas leva les bras à hauteur de poitrine, paumes vers le bas. Sa peau, parcourue de frissons, se couvrit peu à peu d'un duvet puis d'une fourrure aussi sombre que la nuit elle-même. Ses pieds se muèrent en pattes, tandis que sa silhouette se courbait sous l'apparence d'un énorme animal au museau fin protégeant deux longues canines tranchantes. Ses yeux, auparavant d'un bleu profond, se tintèrent d'une magnifique couleur ambrée maculée de quelques touches verdâtres.

La bête s'étira longuement avant de se diriger vers l'entrée principale d'un pas royal, noble et assuré. La tête haute et les babines luisantes de bave, il s'enfonça dans la nuit en quête de sa prochaine proie.

Britany n'avait rien perdu de la scène. Les yeux grands ouverts, adossée contre le mur de pierre, elle essayait tant bien que mal de calmer sa respiration, sans toutefois y parvenir. La gorge nouée et les larmes encombrant peu à peu son regard apeuré, la jeune femme se pencha pour apercevoir la porte de l'église dont les battants, ballottés par le vent et la pluie, claquaient de part et d'autre de l'ouverture en grinçant sous le poids des ans. Les éclairs déchiraient le ciel assombri tandis que leur lueur maculait de leur intensité le sol de pierre.

« Et merde ! Je fais quoi moi, maintenant ? Du calme, Brit. Réfléchis. Le chemin le plus court pour quitter ce village se trouve... sur la gauche de l'église. Il me suffit donc de courir le plus vite possible. Je me cacherai dans un champ le temps que le jour se lève. Non, mais tu t'entends parler, Brit ? Toute cette histoire te rend complètement parano, ma pauvre fille ! Comme j'aimerais que cela soit un mauvais rêve... Oui, un mauvais rêve... » essaya-t-elle de se convaincre en s'approchant de l'autel pour prendre un chandelier étincelant qu'elle inclina par-dessus son épaule telle une batte de base-ball prête à frapper une balle.

« Tout va bien se passer... Après tout, ce n'est pas si loin... Et puis, je saurai me défendre si je devais croiser cette bête. »

Britany tourna les yeux vers le chandelier et soupira, se rendant compte que son arme improvisée ne lui serait probablement d'aucune utilité. Néanmoins, elle poursuivit sa progression vers la porte de l'église, veillant à ne produire aucun bruit capable d'indiquer sa présence à la créature.

Elle longea les murs assombris, les jambes chancelantes, tout en contournant les zones illuminées et parvint finalement à la porte demeurée entre-ouverte sous les dernières rafales.

Elle jeta un rapide coup d'œil à l'extérieur.

« *Calme-toi, Brit. Calme-toi... Tu vois bien que cette chose n'est pas là. Elle a peut-être décidé d'aller se reposer un peu* » songea-t-elle alors, les doigts fermement serrés sur son chandelier. « *Quel temps de merde ! On ne voit pas à dix mètres ! Allez, garde ton calme. MERDE !* »

La porte, soufflée par le vent, se rabattit violemment derrière elle, la faisant lâcher son arme bien loin devant elle, tandis qu'elle se rattrapait pour ne pas tomber au bas des marches. Le souffle court, elle posa la main sur son épaule droite, endolorie par le choc.

« *Bon sang, ça fait mal. Comme si c'était le moment...* » râla-t-elle en se précipitant vers le chandelier, priant le ciel que la créature ne soit pas là, tapie dans l'ombre, à attendre pour fondre sur elle.

Tant bien que mal, elle scruta les alentours puis revint se coller à la façade de l'église, effrayée.

Durant plusieurs minutes, elle lutta contre sa peur, le souffle court et le cœur battant à tout rompre.

La pluie, toujours aussi abondante, lui donnait froid dans le dos, collant ses vêtements au plus près de son corps. Ses déplacements (aussi minimes seraient-ils à l'avenir) en seraient affectés. Cela ne la rassurait guère. Malgré tout, elle finit par prendre son courage à deux mains et se dirigea vers le bord de la façade, dans une succession de pas latéraux qui auraient faits la fierté de son professeur de danse classique.

Il faisait tellement sombre...

*Comment savoir si la voie était libre ? Que ferait-elle si elle parvenait à sortir du village ? Dans quelle direction, et surtout jusqu'où devrait-elle courir pour être certaine de ne plus risquer quoi que ce soit ?*

Autant d'interrogations qui lui donnaient envie de pleurer, telle une petite fille qui fait un mauvais rêve.

Une rafale souffla avec force et un amas d'outils de jardinage tomba en un vacarme assourdissant juste sur sa droite.

Le cœur de Britany s'emballa. Sa gorge se noua. Sa respiration se fit plus difficile et lui donna, l'espace d'un instant, l'impression de suffoquer.

Adossée à l'église, elle glissa le long des lourdes pierres, la pluie lui perçant le corps à la faire frissonner. Elle peinait à voir à quelques mètres. Le brouillard était dense et opaque, le sol boueux à souhait. Elle aperçut finalement le début de la rue menant à l'entrée du village, là où elle était arrivée, quelques jours plus tôt.

« *Tu y es, songea-t-elle, ravie d'être parvenue jusque-là sans encombre. Plus que quelques mètres, et tu seras hors de danger.* »

Un regard à gauche, puis à droite, lui indiquèrent que la créature n'était pas à proximité. Du moins, elle l'espérait sincèrement.

Un mouvement sur la droite, suivi de la chute de quelques planches de bois. Britany se figea. Elle plissa les yeux, mais ne vit rien de plus qu'une épaisse brume grisâtre. Elle tendit l'oreille. Aucun son. Tant bien que mal, elle retint sa respiration, jusqu'à ce qu'un bruit de tôle ne retentisse juste à côté d'elle. Elle sursauta et se mit à courir, tête baissée sous la pluie, apeurée. Les larmes coulaient sur ses joues glacées, tandis qu'elle frottait son visage ruisselant.

Rien autour de Britany ne sembla réagir à sa course effrénée, à l'exception des clapotis de l'eau qu'elle soulevait à chacun de ses pas.

Elle leva finalement les yeux, cherchant de son mieux la sortie du village.

Sur la gauche, un champ de maïs se dressait à perte de vue. Elle s'en écarta le plus possible et accéléra le pas.

Au bout de quelques minutes, elle aperçut sa voiture, toujours accidentée sur le bas-côté de la route.

Elle sourit, ravie de se savoir presque suffisamment loin pour ne plus rien risquer du tout. Un peu plus loin encore, elle rejoignit un croisement routier. Sur sa droite, une large route de macadam serpentait, jusqu'à disparaître au détour d'un virage.

«Génial, songea Britany. Je n'ai qu'à suivre cette route jusqu'à la prochaine ville. Il y aura bien un garagiste capable de venir remorquer ma voiture. Hors de question de revenir dans le coin toute seule. »

La jeune femme ralentit sa course, complètement en nage. Elle s'épongea le front, tout en prenant soin de regarder derrière elle que personne ne la suivait. La voie était libre. Elle entreprit donc la remontée de la route double, épuisée et affamée.

Dans sa poche, son cellulaire cliquetait, complètement à plat et trempé.

Elle s'éloigna le plus rapidement possible du village qui, elle le savait, se trouvait maintenant en contrebas de la route, juste sur sa droite. Quelques arbres obstruaient son champ de vision, mais peu l'importait. Elle serait bientôt de retour chez elle, avec le plus long article de sa carrière à rédiger. L'un de ceux que l'on ne peut écrire qu'une seule fois dans sa vie.

Sur plus de quatre cents mètres, elle suivit la route lorsque soudain, un éboulement de gravier se fit entendre derrière elle. Britany se retourna, le souffle court, apeurée et durant quelques secondes, elle observa alentour, histoire de déceler la moindre présence. Mais rien ne se produisit. La lune se contentait de refléter le sol humide de pluie. Pas une âme qui vive à des lieues.

Transie de froid, Britany reprit son avancée. Elle leva son col puis souffla pour évacuer son stress, les bras croisés sous la poitrine.

Une nouvelle dégringolade de gravier retentit, bien plus proche d'elle que la précédente. Un buisson frémit non loin d'elle, avant de se figer à nouveau.

« *Tu ne crains rien, Brit. Tu es assez loin de ce village de merde, maintenant.* »

Elle traversa la route pour s'éloigner le plus possible du feuillage et durant un long moment, seul le bruit de ses talons sur la route firent écho à sa progression.

Mais soudain, un déplacement sur sa droite attira son attention. Il était discret et semblait prendre peu de place dans la noirceur avoisinante, tant et si bien que Britany crut au départ qu'il ne s'agissait là que d'un rongeur. Malheureusement, quelque chose la ramena vite à la raison. Un grognement, d'abord très faible, mais qui s'intensifia rapidement pour arriver à sa hauteur. Un grognement qu'elle connaissait pour l'avoir déjà entendu... Quelque part dans l'obscurité du commissariat de police. Le râle de la créature, aussi effrayant et présent que dans ses souvenirs les plus obscures.

Une larme ruissela sur sa joue et Britany ferma les yeux. Lentement, le grommellement s'intensifia pour venir se placer derrière elle.

Inconsciemment, la jeune femme pria, malgré son refus d'appartenir à une quelconque religion.

Elle sentit alors une présence venir se coller à elle, réchauffant de son souffle sa chevelure gorgée de pluie.

Un regain de lucidité la traversa alors.

Refusant de finir ainsi, Britany recommença à courir, aussi rapidement qu'elle le pouvait.

Mais cela ne suffit pas.

Au bout de quelques mètres, elle se sentit happée vers l'arrière au niveau de la cheville. Déstabilisée, elle tomba face contre terre. Sa mâchoire heurta le macadam. Deux de ses dents se brisèrent sous le choc et une gerbe de sang fut propulsée hors de sa bouche. Tant bien que mal, sonnée par le choc, elle tenta de s'échapper, usant du peu d'ongles qu'il lui restait encore pour se traîner au sol.

La créature l'agrippa alors au niveau du genou et l'attira à sa suite.

Britany hurla. Elle donna des coups de pieds pour se défaire de l'emprise de son assaillant, sans résultats.

Lentement, elle sentit la terre glisser sous elle, attirée vers les buissons avoisinants pour finalement quitter la route. Elle s'agrippa aux branchages au point de se brûler les paumes mais ne parvint pas à freiner son recul, entraînée par de puissantes griffes maintenant fermement le bas de sa jambe sans toutefois lui broyer les os.

« À l'aide ! Je vous en prie, par pitié ! » hurla-t-elle sans relâche tandis que la bête l'entraînait à sa suite dans une descente abrupte qui manqua à plusieurs reprises de la faire basculer dans le vide.

Britany tenta de se retourner mais son bourreau l'en empêcha d'une pression importante dans le milieu du dos. Elle grinça des dents sous la douleur mais ne perdit pas de vue son objectif.

À tâtons, elle s'empara d'une fine branche dépourvue de feuillage et l'abattit sur la créature qui rechigna à peine. Une, deux, trois fois. Rien n'y fit.

La tête de la jeune femme heurta quelques pierres partiellement ensevelies sous la paroi hostile. Sa chevelure baigna dans une flaque de boue.

Britany comprit alors que, contrairement à ce qu'elle aurait voulu, son calvaire ne faisait que commencer...

Peu à peu (et ce malgré le brouillard et la pluie qui obscurcissaient à la fois le ciel et sa vision des alentours), elle reconnut la façade du motel dont la porte grande-ouverte claquait avec rage.

Sur sa droite, elle devina les contours de l'église, aussi austère et inquiétante que lorsqu'elle l'avait quittée quelques minutes plus tôt.

Devant elle, la route devenue boueuse ne conserva du passage de Britany qu'une tranchée éphémère remplie de boue.

La bête, quant à elle, progressait lentement, ses larges pattes s'enfonçant dans le sol en un suintement désagréable. D'une poigne qui se voulait à la fois ferme et statique, elle traîna Britany sur toute la longueur de la rue principale du village, le visage régulièrement plongé dans l'amas qui manqua régulièrement de l'étouffer, jusqu'à parvenir à la grange. La lueur d'une bougie ondulait derrière le battant droit de la porte, déversant sur la terre humide son flot de gerbes orangées.

Sans même y prêter attention, le prêtre entra, découvrant sans la moindre gêne une scène qui fit hurler Britany. Le sang maculait le sol en quantité, principalement là où s'amoncelaient les morceaux de corps enveloppés dans de fins sacs plastifiés marqués de quelques lettres en gros caractères.

La jeune femme tenta une nouvelle fois de se défaire de son agresseur. Elle lança les bras de droite à gauche à la recherche d'une prise et attrapa le pied d'une table couverte d'outils.

Elle sentit aussitôt sa jambe tirer et ses mains brûler sous la force de la créature qui continuait d'avancer. Elle lâcha prise en un cri de détresse.

Devant elle, la pluie et l'obscurité s'éteignirent derrière le rideau de lumière offert par la bougie. Britany hurla, consciente que le pire restait encore à venir.

Le prêtre l'entraîna dans le fond de la pièce, derrière l'épaisse séparation qu'elle avait eu l'occasion de découvrir précédemment.

D'un mouvement ample et calme, il poussa le lourd tissu couvert de poussière avant de se glisser dans l'ouverture, la jeune femme à sa suite.

De part et d'autre, elle aperçut des crochets suspendus, sur lesquels se trouvaient des morceaux de corps, fraîchement coupés ou non et sous ceux-ci, de larges bassines recueillant leur sang.

Britany, horrifiée, eut des haut-le-cœur.

– Je vous en prie, par pitié!

– Vous ne parviendrez pas à m'attendrir avec cela, répondit le prêtre qui petit à petit retrouvait son apparence humaine, sans toutefois lâcher son emprise. D'autres ont essayés avant vous, vous savez.

– Je... Je vais partir. Vous n'entendrez plus jamais parler de moi. Je vous le promets.

– Ils ont aussi essayé de me dissuader, poursuivit-il sans même se soucier de la jeune femme. Mais je ne pouvais pas me permettre de les laisser mettre la main sur cette découverte.

D'un geste, il ramena Britany près de lui avant de l'attraper par le cou. Il la souleva et la posa sur une large table au bois sec dans un mouvement lourd, arrachant au passage un nouveau cri de douleur à la journaliste qui se débattit autant que possible sans parvenir à s'extraire à la poigne monstrueuse qui la maintenait fermement, le dos collé à la planche froide.

– Je... je ne sais pas de quoi vous parlez, mentit Britany. Je suis juste venue chercher de l'aide pour réparer ma voiture. Rien de plus.

– Je me suis chargé de ceux qui savaient. À croire qu'ils n'ont rien d'autre à faire, ces incapables, que de venir fouiner dans les affaires des autres.

– Vous, vous me faites mal, articula péniblement la jeune femme, la gorge comprimée entre les doigts du prêtre qui se tenait à présent penché au-dessus d'elle. Qu'allez-vous me faire?

– Rien de bien méchant, dans un premier temps. Juste une petite prise de sang.

– De sang? Pour, pour en faire quoi ?

– Les écritures que j'ai pu rassembler mentionnent que le fluide d'une âme pure viendra raviver le feu de Satan, offrant à celui ou celle qui sera à l'origine du rituel de renaissance une place de choix auprès de notre Seigneur.

– Pourquoi ne pas utiliser le vôtre ? balbutia Britany dont les lèvres commençaient à bleuir.

– Pour bien des raisons. Je dois bien l'avouer.

Étourdie, la jeune femme vit le prêtre se tourner vers la table à sa gauche. Dans sa nuque, elle discerna quelques chiffres grossièrement marqués, signe d'un passage carcéral dans l'une des nombreuses prisons d'État. Elle le vit ensuite revenir face à elle, une ustensile aux lames luisantes dans la main.

– La vie ne m'a jamais fait de cadeau, poursuivit-il en prenant la main de sa victime pour en observer les doigts avec attention. Et j'ai toujours dû lutter pour m'en sortir. Parfois, d'une manière dont je suis peu fier, certes. Mais je n'avais pas d'autre choix. Quand j'ai finalement pu me libérer de tout cela, je suis venu ici. Je voulais changer de vie.

– Pourquoi avoir tué tous ces gens? Il vous suffisait de partir avec...

– Parce qu'ils ont posé trop de questions! s'énerva subitement le prêtre. J'ai essayé de leur expliquer mais ils m'ont pris pour un fou. Comme les autres avant eux. Mais ils ne me retrouveront pas. Je ne veux pas y retourner...

– Vous...

Britany perdit connaissance. Le prêtre ausculta alors lentement ses pupilles et sourit. Il se tourna de nouveau vers la table voisine et y contempla les lames finement aiguisées qui y étaient disposées.

« Personne n'a su me comprendre. Et ce depuis toujours. Je ne demande pourtant pas grand-chose. Heureusement, j'ai trouvé un début de réponse en arrivant ici. Ainsi que de l'espoir. Cette coupe peut répondre à tant de mes attentes que je ne peux ne pas tenter. »

Il revint vers la jeune femme, une sécateur rouillé dans la main droite. Machinalement, il en actionnait le mécanisme, le regard tourné vers Britany. Perdu dans ses pensées, il prit délicatement sa main couverte de boue.

« Votre venue ici n'est pas le signe du hasard. Je suis sûr que le Tout-Puissant vous a amenée à Westrelöm dans le but de m'aider à accomplir ma mission. »

Il posa le sécateur à côté de Britany et attrapa d'un geste précis vers l'arrière un linge propre qu'il trempa dans une bassine d'eau claire. Puis, doucement, il nettoya la terre de la main de sa victime, prenant bien soin de n'oublier aucun recoin.

Au contact du liquide, la jeune femme tourna la tête et fronça les sourcils. Elle essaya de retirer la main, mais le prêtre l'en empêcha. Il plaqua le poignet contre le bois sec et secoua la tête de gauche à droite en faisant claquer sa langue.

« Calme-toi. Ce n'est qu'un mauvais moment à passer. C'est le prix à payer pour rejoindre notre Seigneur. Ne t'inquiète pas, mon enfant, je suis persuadé qu'il t'attribuera une place de choix à ses côtés. »

Il caressa la chevelure emmêlée de Britany avant de reprendre le sécateur d'une main ferme.

Lorsque celle-ci rouvrit les yeux, elle constata avec horreur ce qu'il préparait. Glissées de part et d'autre de son index droit, les lames reflétaient avec faiblesse la lumière ambiante et se resserraient dangereusement autour de sa chair.

Elle hurla et tira de toutes ses forces, au point de sentir son poignet craquer à plusieurs reprises.

Mais rien n'y fit. Le prêtre demeurait concentré sur son objectif et murmurait quelques prières, à peine audible sous les cris de la jeune femme.

Elle chercha désespéramment autour d'elle un quelconque moyen de se défaire de son emprise mais ne trouva rien qui puisse réellement lui venir en aide. Elle agita les jambes et se débattit à tout va, mais constata rapidement que son bourreau avait pensé à tout. Attachée par une solide corde finement tressée, elle ne pouvait lever les membres que de deux, trois centimètres, tout au plus.

Elle passa la tête par-dessus le bras du prêtre et aperçu la table couverte d'outils et d'ustensiles en tout genre. S'il existait une solution à sa détention, elle s'y trouverait sûrement. Elle tourna une nouvelle fois les yeux vers le sécateur et là...

– Le sang du Christ, commença le prêtre en refermant les lames sur le doigt de Britany.

– Noooon ! hurla-t-elle, le flot d'hémoglobine se déversant le long d'un support de plastique disposé sous sa main avant de ruisseler dans l'une des bassines posées à même le sol.

– Versé pour vous...

– Par pitié !

La jeune femme sentit son cœur se retourner, tant la douleur était insupportable. Les lames s'enfoncèrent davantage, jusqu'à venir broyer l'os au complet.

Après un bref instant, l'index se détacha de la main pour rouler d'un bon centimètre sur le côté.

Britany hurla à s'en briser les cordes vocales. Le sang coulait avec abondance.

Rapidement, sa blouse s'empourpra. Le prêtre, imperturbable, orienta la coulée vers la bassine en contrebas, prenant bien soin de ne pas y toucher.

– Il est dit que le fluide vital d'un être sain permettra de corrompre Satan. Une sorte d'invitation à se manifester, si vous préférez.

– Je... je vous en prie. Laissez-moi partir, gémit la jeune femme avec force.

– Je ne peux pas. J'en suis désolé, mon enfant. Mais le rituel demande bien plus que quelques gouttes de votre hémoglobine.

Britany blêmit. Son bourreau se tourna une nouvelle fois vers la table pour y prendre un large crochet de métal en forme de « S ». Elle reconnut immédiatement ceux-ci, que l'on trouvait généralement dans les abattoirs.

– Qu'est-ce que vous allez me faire ?

– Vous ne sentirez pas grand-chose. Je vous le promets.

Le prêtre se pencha et s'étira sur la pointe des pieds pour atteindre une planche que Britany n'avait pas encore aperçue jusqu'alors, juste sur sa gauche : une étagère constituée d'un bois grossièrement travaillé et dont le vernis écaillé laissait deviner une longue existence.

Il en retira une fiole, ainsi qu'une seringue d'une propreté étonnante.

– Qu'est-ce que c'est ?

– De quoi vous permettre de ne pas souffrir. Quelques gouttes et vous partirez sereine, sans vous soucier de quoi que ce soit.

– Non. Je n'en veux pas. S'il vous plaît. J'ai une famille qui m'attend. Je... laissez-moi rentrer chez moi. Je ne dirai pas que vous êtes ici.

– J'aimerais tellement pouvoir vous croire. J'aurais aimé le faire avec tant de personnes. Malheureusement, la parole d'un pécheur n'est pas fiable.

Tout en discutant, il prépara la seringue, qu'il posa sur un linge couvert de poussière, juste à côté de lui. Il revint vers la jeune femme, lui caressa le front d'une main douce et compatissante, avant de lui sourire.

– Et puis, réfléchissez une seconde. Peut-être permettrez-vous l'accomplissement d'un rituel ancestral. Votre sort sera envié de nombreux croyants de par le monde.

– Et bien demandez à ces fanatiques pour prendre ma place. Je la leur laisse !

– Cela ne serait pas pareil. Dès que je vous ai vue, j'ai su qu'il y avait de l'espoir.

– Vous êtes malade !

– Nombreux sont ceux qui le disent. Finalement, peut-être le suis-je un peu. Voir beaucoup. Mais revenons-en à nos moutons, voulez-vous ? Je suis plutôt impatient.

Il ramassa la seringue et planta l'aiguille dans le cou de Britany qui tentait d'échapper à son sort. Une fois l'injection achevée, il nettoya les lames du sécateur et le rangea dans le plus grand silence.

La jeune femme, quant à elle, sentit peu à peu sa tête tourner, sa vue se brouiller et ses membres s'engourdir. Luttant contre la fatigue qui la gagnait plus rapidement qu'elle ne l'aurait pensé, elle écarquilla les yeux en direction de la flamme de la bougie.

« Si je parviens à concentrer toute mon attention sur ce point, songea-t-elle, je tiendrai peut-être assez longtemps pour qu'il s'en aille. »

Malheureusement pour Britany, elle sombra dans un profond sommeil quelques minutes plus tard, sous le regard attendri du prêtre.

# Chapitre x

## *Face à son destin*

Un tintement lui fit ouvrir les yeux. Maintenue la tête en bas, les bras tombant autour de son visage et maintenus ensemble par une corde tressée, Britany reprit lentement ses esprits. Il faisait toujours nuit mais le prêtre semblait s'être absenté de la pièce.

Lentement, elle scruta les alentours, cherchant à comprendre ce qui la retenait ainsi, à plus de vingt centimètres au-dessus du sol.

D'un mouvement de balancier qui se voulait à la fois pénible et maladroit, elle parvint à voir le bout de ses chaussures. Ses chevilles, également liées l'une à l'autre, ne semblaient pas être le point d'attache par lequel elle était suspendue. La tête lui tournait encore, ce qui rendait sa visibilité plus que réduite. Sur sa droite, la bougie brûlait toujours, la cire ruisselant avec disgrâce sur le chandelier rouillé.

Les minutes s'égrenèrent. La douleur se raviva, libérée de toute drogue. Elle se manifesta d'abord comme un picotement qui gagna rapidement en intensité. Sa jambe, déchirée par une sorte de brûlure, devint alors rapidement le point central de ses préoccupations. Traversée de part en part par un long crochet de métal, la cuisse de la jeune femme se vidait lentement de son sang et à en juger par les coulées qui séchaient telles des racines le long de son membre, elle détermina que cela faisait au moins trente minutes qu'elle se trouvait dans cette position. Elle serra les dents, déchirée par la douleur qui se faisait de plus en plus vive. Elle ramena les poignets à hauteur de poitrine et tenta de joindre ses chevilles. Assez vite, elle abandonna cette idée. La plaie sembla s'agrandir, lui arrachant un cri atroce qui se voulait à la fois étouffé et maladroit. À peine de quoi rivaliser avec le vent et la pluie qui n'avaient de cesse de faire claquer le loquet de la porte de la grange.

« Il faut que je sorte d'ici, songea-t-elle, apeurée. Il ne tardera pas à revenir et à en finir avec moi. »

Britany regarda alentour dans l'espoir que, peut-être, elle trouverait de quoi se libérer. Elle vit la table sur laquelle le prêtre l'avait retenue captive, tandis qu'il lui injectait le contenu de la seringue, mais également la bassine remplie de sang qui était disposée sous celle-ci. Remplie de son sang, sans aucun doute ! Un peu plus loin, la jeune femme vit une série de tonneaux, scellés et marqués de chiffres à la craie blanche, à l'image de ceux aperçus dans le sous-sol de l'église. Rien que d'y penser, elle faillit vomir. Elle fit la grimace. La douleur dans sa jambe ne faisait que croître, tant et si bien qu'elle pensa un instant qu'elle allait de nouveau perdre connaissance.

Ses yeux se révulsèrent légèrement.

Dans son agonie, elle n'entendit pas la porte s'ouvrir pour laisser le prêtre entrer, la capuche de son imperméable dégoulinante et luisante. Il s'approcha sans piper mot, s'accroupit auprès de la bassine et en observa longuement le contenu. Il attrapa ensuite la jeune fille par la chevelure et orienta son visage vers lui.

« Je suis déçu, ajouta-t-il alors comme s'il était seul. Ces citadins n'ont aucune résistance à la douleur. Et c'est de pire en pire. »

Il passa le pouce le long de la joue de Britany pour en chasser les larmes et la poussière, avant de venir soulever sa paupière.

« Tiens le coup encore un peu. Tes souffrances touchent à leur fin. D'ici quelques heures, tu seras auprès de notre Seigneur. »

Il se dirigea ensuite vers une poutre adjacente, où un nœud de corde avait été fait, dans le seul et unique but de maintenir le crochet sur lequel la jeune fille était empalée. D'une main ferme, il donna du mou au cordage, avant de le libérer de sa prise murale. Il la fit glisser jusqu'au sol, avant de venir ôter le morceau de métal de sa jambe. Il épongea délicatement le sang répandu autour de la plaie en fredonnant d'une voix fausse et hésitante un air que Britany ne connaissait pas.

– Qu'allez-vous faire de moi ?

– À ton avis ? s'amusa-t-il en préparant ses lames, dos à la jeune fille.

– Si vous aviez voulu me tuer, cela serait déjà fait, grimaça-t-elle en reculant le plus possible.

– Oui et non. Voyez-vous, Mademoiselle, la viande est moins tendre lorsque...

Il n'eut pas le temps d'achever sa phrase. Il s'effondra sur la table, avant de choir sur le plancher poussiéreux.

Derrière lui, Britany respirait avec difficulté, jambe légèrement pliée par la douleur, une chaîne de palan dans les mains. Elle s'approcha avec méfiance du prêtre pour s'assurer que le coup qu'elle venait de lui porter à l'arrière de la tête avait suffi à lui faire perdre connaissance. Miraculeusement, cela semblait être le cas. Elle avait frappé de toutes ses forces, au point qu'elle avait failli tomber contre son bourreau, emportée par le poids de son arme de fortune.

Sans perdre un instant, elle se précipita vers la porte, où une nouvelle embûche l'attendait. Les battants, pourtant ouverts, étaient maintenus l'un à l'autre par une chaîne rouillée, scellée d'un cadenas lourd et encombrant. La jeune fille le prit entre ses mains et tira, encore et encore, sans toutefois parvenir à l'ouvrir. Les larmes ruisselaient abondamment sur ses joues ternes et sales. La peur de devoir affronter de nouveau le prêtre lui faisant perdre ses moyens.

Au bout de quelques minutes à lutter contre le métal, elle appuya le front contre la porte.

Cherchant sa respiration, elle fit volte-face, pour regarder avec crainte l'homme qui gisait toujours sur le sol.

« *Il doit avoir la clef... Mais, s'il se réveille ? Je n'ai pas le choix. Il faut que je sorte d'ici tant qu'il est inconscient.* »

D'un pas hésitant et luttant contre les tremblements qui la paralysaient presque, elle revint vers le prêtre. Sur la gauche, elle aperçut quelques lames luisantes et pensa qu'elle pourrait profiter de l'occasion pour en finir avec lui. Elle se pencha avec méfiance et s'empara d'un long couteau de boucher qu'elle dressa vers lui. Mais il ne semblait pas être sur le point de se réveiller.

Elle poussa sa jambe blessée le plus loin possible et s'accroupit lentement, le corps parcouru de tremblements de plus en plus difficiles à contrôler. Elle avança la main vers le prêtre, repoussa le bord de son tablier et aperçut sa large poche entre-ouverte. Hésitante, elle secoua le tissu, prête à frapper de sa lame.

Un tintement retentit aussitôt.

Britany soupira, heureuse d'avoir trouvé aussi rapidement ce qu'elle cherchait. La jeune femme approcha les doigts et extirpa le trousseau, avant de prendre à nouveau la fuite vers la porte.

Le cadenas ne mit pas longtemps à céder et c'est avec soulagement qu'elle se glissa dehors. Par instinct, elle fit quelques pas vers le champ de maïs avoisinant, avant de revenir sur ses pas. Elle ramassa la chaîne et la remit en place, prenant bien soin de vérifier le cadenas. Ainsi enfermé, le prêtre ne pourrait plus lui faire de mal. Il ne lui restait à présent qu'à foncer jusqu'à la ville ou le village voisin pour trouver de l'aide. La police n'aura alors plus qu'à cueillir ce meurtrier, et tout sera fini. De plus, avec ce qu'elle avait vécu depuis son arrivée à Westrelöm, elle aura matière à rédiger un superbe article, voir un livre qui lui vaudra sans aucun doute les attentions des presses les plus renommées.

Elle atteignit péniblement les abords du champ. La pluie et l'orage faisaient toujours rage.

Elle s'enfonça dans les cultures, qu'elle écarta de vifs coups de bras latéraux.

La douleur était de plus en plus intense. Elle tomba à plusieurs reprises, mais se refusa à abandonner.

Au bout d'un moment, elle arriva à une petite bute qu'elle gravit avec peine. De là, il lui était possible d'apercevoir la rue principale et quasi unique de Westrelöm, mais également la grange qu'elle avait quittée quelques temps plus tôt. Elle s'arrêta, dissimulée derrière le maïs, et jeta un œil rapide alentour. Les gouttes clapotaient sur le feuillage vigoureux et ruisselaient le long de sa chevelure défaite. Son cœur battait à tout rompre. La soif rendait sa bouche et sa gorge sèches et ses yeux brûlaient par manque de sommeil.

Britany se sentait faible. Terriblement faible.

Son regard parcourut le village pour se fixer sur la grange. Elle ouvrit aussitôt grands les yeux, submergée par la peur lorsqu'elle se rendit compte que les battants étaient ouverts et claquaient sous la violence du vent.

Totalement plongée dans l'obscurité elle plissa les yeux pour s'assurer qu'elle ne rêvait pas.

« Non. C'est impossible. Le cadenas était... »

Elle se tut instantanément. Sur la droite, là où le champ descendait sur plusieurs centaines de mètres, elle entendit le frottement de la chaîne, aussi distinctement que la pluie sur le feuillage. Ce n'était pas très proche, mais cela venait vers elle. Elle en était persuadée.

Elle se baissa et patienta, attentive au moindre son. Elle devait reprendre des forces. Sa jambe lançait plus que jamais et le sang qu'elle avait perdu jusque là n'aidait en rien. Elle examina la plaie et se rendit compte que, bizarrement, elle ne saignait presque plus. Elle supposa alors que le prêtre lui avait injecté un anti-coagulant, histoire qu'elle ne meurt pas trop vite. Il aurait alors eu le loisir de la torturer, comme cela avait certainement été le cas des autres habitants de Westrelöm.

*Combien d'entre eux avaient péris dans de terribles circonstances, sans qu'aucun ne le sache? Peut-être venaient-ils d'ailleurs? Combien de familles avaient ainsi tenté de les retrouver?*

La panique la submergeait. Elle leva les yeux au ciel et pria intérieurement, tandis que les tintements de la chaîne remontaient jusqu'à elle. Les maïs se froissèrent. Quelques-uns craquèrent ensuite.

Elle devait bouger de là, avant qu'il ne soit trop tard.

Britany rassembla le peu de forces qu'il lui restait pour se relever. Elle se précipita dans la direction opposée au bruit grandissant, essayant le plus possible de suivre le rythme du bruit de son poursuivant.

Elle évolua ainsi une bonne dizaine de minutes sous la pluie et le froid de la nuit, avant d'apercevoir les lumières de la route voisine, loin en contrebas. Une lueur d'espoir l'envahit alors, lui arrachant même un faible sourire.

Britany, épuisée, tomba. Elle se hissa de nouveau péniblement sur les coudes pour continuer à avancer. Cette lumière, même minime, était son unique chance de trouver de l'aide. De plus, il lui serait plus simple de voir son assaillant, de même que d'attirer l'attention des véhicules qui passeraient par là. En espérant toutefois qu'il y en ai.

Sa vue se troubla faiblement et les tremblements s'accentuèrent. La jeune femme progressa, encore et encore, sans perdre de vue le bruit de la chaîne qui sembla un instant s'éloigner vers la gauche.

Aurait-elle réussi à le semer ? Aurait-il, finalement, laissé tomber pour rentrer à Westrelöm ?

Il ne lui restait que quelques mètres à faire pour atteindre la route dont elle voyait à présent la ligne de démarcation fraîchement peinte d'un bel orangé.

Britany Sourit faiblement, soulagée d'être arrivée jusque là. Elle écarta les derniers maïs et déboula sur le bitume, en nage.

Assise, les yeux rivés vers le champ dont elle venait de s'extraire, elle appréhenda la venue de son bourreau.

De l'autre côté de la route, elle s'adossa à un mur de roche creusé pour laisser passer la route à double voie.

Lentement, elle reprit son souffle. Dans moins d'une heure, le jour commencerait à se lever et tout serait terminé.

Elle appuya la tête contre la pierre et soupira. La pluie inonda son visage, de grosses gouttes venant mourir sur ses joues.

*Ploc, ploc, ploc... ploc... ploc...*

Quelque chose ne tournait pas rond.

Britany ouvrit précipitamment les yeux, muette de peur.

Au-dessus d'elle se tenait la créature, gueule grande ouverte. La jeune femme s'écarta de la roche avant de sentir la patte massive venir se planter dans sa colonne vertébrale. La tête de Britany frappa le bitume avec force. Le sang gicla, tandis que ses yeux se révulsaient sous l'atroce douleur.

La bête la ramena à elle d'un mouvement. Il la retourna et l'observa quelques secondes. Elle écumait, le liquide pourpre s'échappant de chaque côté de ses lèvres.

Britany aurait voulu hurler pour obtenir de l'aide mais seuls les grognements du monstre brisaient le clapotis de la pluie.

Doucement, celui-ci se baissa pour venir épouser de son museau les contours du visage de la jeune femme. Il ouvrit une nouvelle fois la gueule et, sans ménagement, arracha d'un coup sec la gorge dégagée. Le sang se répandit autour du corps pris de spasmes, avant que la créature ne commence à arracher violemment les membres pour les ronger et les jeter ensuite un peu plus loin.

C'est ainsi que, dans l'ignorance la plus totale, Britany disparut. Même ses os finirent dans la panse de la bête, qui reprit finalement le chemin de Westrelöm, comme si de rien n'était.

Au-dessus du champ, le soleil commençait à poindre, annonçant une magnifique journée à venir.

# Chapitre XI

## *Un nouveau départ*

Quelques mois s'étaient écoulés depuis la mort tragique de Britany, mais aucun journal n'avait relayé l'information, ne fut-ce que celle de sa disparition. Seule sa mère avait tenté de la retrouver à maintes reprises en placardant des annonces sur les murs de la ville. Malheureusement, jamais elle n'eut connaissance de ce qui était réellement arrivé à sa fille. Néanmoins, elle conservait espoir.

Comme presque chaque jour, Madame Barlax poussa la porte du dépanneur situé dans son quartier, une feuille dans le creux de la main.

– Mégane, la salua l'employé en poste. Comment puis-je vous aider aujourd'hui ?

– Comme d'habitude, répondit-elle en avançant le bout de papier chiffonné sur le comptoir.

– Cinquante copies ?

– Oui, s'il te plaît.

Le jeune garçon se retourna pour photocopier l'annonce. En attendant, il poursuivit sa discussion.

– Vous verrez, Madame. Un jour, on la retrouvera seine et sauve. J'en suis persuadé.

– Que Dieu t'entende, souhaita la mère de Britany.

À cet instant, la porte s'ouvrit. La clochette retentit et tous deux se tournèrent vers les nouveaux arrivants.

« Bonjour, comment puis-je vous aider ? questionna-t-il, par habitude. »

Une dame lui fit signe de la tête, comme si elle savait déjà ce qu'elle cherchait. Le commis se dirigea ensuite vers une seconde personne, qui se tenait devant un présentoir couvert de vieux livres, une valise bien remplie à ses côtés. L'homme portait un long imperméable gris et un chapeau d'une couleur similaire.

Lorsqu'il entendit le jeune garçon le saluer, il se tourna lentement vers lui, sourire aux lèvres.

– Veuillez m'excuser, mon fils. Je viens d'arriver en ville et je suis un peu perdu.

– Pas de soucis, Mon Père. Comment puis-je vous aider ? Cherchez-vous quelque chose en particulier ?

– Un guide. Et aussi quelque chose à manger. Le voyage a été long depuis ma paroisse.

– J'ai tout ce qu'il vous faut ! se réjouit le commis. Quant au guide...

Il fouilla l'étagère du doigt pour en dégager un gros livre à la couleur passée.

– Celui-ci date de l'an dernier. C'est tout ce que j'ai en stock pour le moment. La couverture a un peu pris le soleil et n'est plus de toute première fraîcheur, mais il contient pas mal d'infos intéressantes. Si vous me le prenez, je vous ferai un prix. Quant à la nourriture, j'ai ce qu'il faut dans le comptoir, de ce côté.

Le prêtre suivit le jeune homme pour venir s'arrêter aux côtés de Madame Barlax.

– Voilà, vos copies sont prêtes, sourit-il en avançant les affichettes chaudes devant la cliente.

– Merci. En espérant que cela aidera à en savoir plus.

– Qui est-ce ? demanda le prêtre en prenant la première page.

– Ma fille. Elle s'appelle Britany. L'auriez-vous vue, Mon Père ?

Ce dernier demeura silencieux un instant. Il examina les contours du visage de la jeune fille souriante qu'il avait sous les yeux avant de répondre d'une voix qui se voulait pleine de compassion :

– Malheureusement, non, mentit-il. Mais je prie le Seigneur qu'elle vous revienne saine et sauve.

– Je vous remercie. Je souhaite de tout cœur qu'il puisse vous entendre. À présent, si vous voulez bien m'excuser...

Madame Barlax ramassa les feuilles, déposa la monnaie pour les payer sur le comptoir et sortit sans attendre. Le commis revint alors vers le prêtre.

– Pauvre dame. J'espère qu'elle retrouvera sa fille. En attendant, que puis-je vous servir, Mon Père ? J'ai des sandwichs au fromage, de la viande froide, du thon,... etc. Le pain est fait sur place, indiqua-t-il avec fierté.

– Un peu de viande froide ne me fera pas de mal.

– Vous êtes ici pour longtemps ? Si je peux me permettre, bien entendu.

– Je ne sais pas encore, répondit le prêtre en regardant alentour. Il me tarde de découvrir cette ville, ainsi que ses habitants.

– Eh bien, je vous souhaite un bon séjour chez nous, ajouta le commis en lui tendant le sandwich emballé dans du papier aluminium.

– Je ne doute pas qu'il le sera, sourit le prêtre.

Ce dernier paya son repas, ramassa sa valise et sortit d'un pas lent du dépanneur.

Au-dehors, des milliers de personnes allaient et venaient en tout sens. Thomas se dirigea vers la gauche, tandis que le soleil commençait à décliner.

Peu à peu, ses yeux se teintèrent d'ambre, signe que la bête ne tarderait plus à faire son apparition.

Combien de temps lui faudrait-il pour mettre à feu et à sang ce nouveau terrain de chasse ? Il n'en avait pas la moindre idée mais une chose néanmoins était certaine : cette ville contenait l'un des joyaux historiques dont il avait besoin pour poursuivre son rituel, et il mettrait tout en œuvre pour l'obtenir...

**Plus d'informations disponibles sur :**

www.rose-berryl.com

www.ingramcontent.com/pod-product-compliance
Lightning Source LLC
LaVergne TN
LVHW012048160826
845678LV00014B/2739
* 9 7 8 2 9 2 4 6 6 4 3 1 5 *